伝言

過去から現在《いま》へ

西本 恵
NISHIMOTO Megumi

文芸社

目次

一　ある家族の物語

　遠い遠い昔、まだマンモスたちが地上を走り回っていたころのこと、森の奥の洞窟の中に一人の男が住んでいた。男は動物の毛皮で体を覆い、狩りをしたり、木を伐ったりするために使う手製の石斧を持っているほかには、ほとんど何も持っていなかった。食べ物といっても、ほとんどが森の中に自生する樹の実や野草のたぐい。たまに野兎でも捕まえられればしめたもので、ふだんは、そこらじゅうを這いまわったり、飛び回ったりしている昆虫などを食べて、たんぱく質を補給していた。

　男には家族も仲間もなく、自分のルーツがどこからやって来て、どういう経緯で自分が今ここに存在しているかさえ知らなかった。いや、というより、知る必要もなかったのかもしれない。何しろ、周りにはオオカミやライオンの仲間のような獰猛な動物たちがうじゃうじゃしている。毎日が生き延びるために必死で、悠長に思索にふけっている暇など、少しもなかったのだ。

　ある日、幸運なことに大型の獲物（おそらくトカゲの一種であろう）をしとめることに成功した男は、さっそくその皮を剥いで丸焼きにし、久しぶりに満腹するまで食べ物をいただくことができた。食後、まだくすぶり続けている焚火の炎を見つめながら、男はふと考えた。旨い食事を腹いっぱい食べることができて、おれはなんてついているんだ。そのうえ今夜は月も明るい。恐ろしい動物たちが出てきたとしても、すぐに見つけて逃げ出すことができるだろう。それなのに、いったいなんだろう？　このなんとも言えぬ虚しさは。

もちろん、言葉もまだ発達していなかった当時、男がこんなに具体的に自分の感情を表現できたはずはないのだが、現代風に翻訳すれば、おそらくこんな感じになるだろうという想像である。とにかく、男の心の中に、今まであまり感じたことのなかった新たな感情が芽生え始めたことだけは確かなようだった。周りを見渡せば、トカゲのような爬虫類にしろ、動物たちにしろ、昆虫にしろ、みな仲間といっしょに暮らしている。自分のように、まったくのひとりぼっちという生き物はどこにもいない。あーあ、おれにもせめて仲間の一人でもいればなあ……。男は心の底にそんな思いを抱きながら、今日もたった一人で眠りについたのだった。

季節は巡り、男の暮らす森にも厳しい冬が訪れようとしていた。ところで、その時代の冬といえば、現代とは比べ物にならないくらい生きるのが大変な季節だった。ただでさえ森の樹の実が採れないのに加え、多くの生き物たちが冬眠してしまい、狩りをするのもままならない。仕方がないから、秋のうちに蓄えておいた樹の実や動物の肉の干したものを、ちびちびとかじりながら飢えをしのぐのだが、その程度では、男の頑健な体を維持するのにじゅうぶんとはいえず、毎晩見るのは、丸々と太ったウサギを丸焼きにして、脂の滴《したた》っているところをいただく夢ばかり。しかし、目が覚めたとたん現実に引き戻され、空っぽの胃袋で、大きなため息をつくのがおちなのだ。

男は今日も雪がしんしんと降り積もる中、食料の採集へと出かけた。洞窟の外はすっかり銀世界で、シカの毛皮で作った靴は、暖かいのはいいのだが、雪道ではつるつると滑って歩きにくいことこの上ない。おっかなびっくり腰を低くし、そろそろと歩いていると、突然、ガサゴソと何やら木の葉のこすれ合う音。さては獲物かと身構えると、目の前に、見たこともない色の白い生き物が立っている。体長は男とあまり変わらない。いや、ほんの少し小さいくらいか？　色の白い身体に、草を編んで作った着物をまとっているところは、男と似ているといえば似ている。しかし、いまだかつて、この森で自分と同じ人間の仲間に出会ったことのない男には、目の前に立っている生き物が、自分と同類の人間の女であるということがわからない。むしろ、シカやウサギのように、自分の食料となるために現れた格好の獲物ととらえ、恐怖のあまり立ちすくんでいる相手に向かって、じりっじりっと近づいて行った。しかし、男が相手まであと数メートルの位置まで近づいた時、女が何か声を発した。

「○×▽▽○○×」

初めて聞く人間の女の声に、男はまるで雷に打たれでもしたかのように、その場に凍り付いた。その声は、トラやライオンのような動物のものでもなければ、鳥とも違う。今までに一度も耳にしたことのない不思議な声だった。しかも、どういうわけか、男はその不思議な声に妙に惹き付けられてしまい、ついには、もう一度聞いてみたいという誘惑に勝てなくなった。相手に対して強い興味を抱いた男は、今度は獲物としてではなく、純粋な好奇心から、目の前の生き物に近づいて行った。しかし、男が距離を縮めようと前進すると、相手も少しずつ後ずさりをする。どうやら、すきあらば男から逃げ出そうとしているらしい。そうはさせじと男が距離を詰める。相手が一歩下がる。男がまた進む。相手が下がる。それを繰り返すうち、二人の間の距離は少しずつ縮まり、とうとう男と女の距離は、あとわずか一メートルぐらいのところまで近づいていた。もはや男が手を伸ばしさえすれば、相手に届く距離である。ついに男は最後の手段に出た。両手を大きく広げると、女の身体をしっかりと包み込んで捉えたのだ。男の腕が女の体に触れた時、女は再び声を発した。

「×××」

その声を聞いた瞬間、再び男に衝撃が走った。それは、男が今まで一度も感じたことのない感情だった。苦しさ、切なさ、嬉しさ、そして愛しさ。おそらくその時男の胸に生じたのは、現代の言葉に訳せば、こんなような感情をすべてひっくるめたようなものだったのだろう。男の腕の中には、暖かく柔らかい女の体があって、強く抱きしめると、その胸の鼓動まで伝わってくるようだった。男は今や完全に自分の手の中にある女の顔を、再びじっくりと観察した。長いまつげに縁どられた大きな瞳、少し上向き加減の鼻、ふっくらとして、濡れたようなその唇。じっと眺めているうちに、とうとう男は女の唇に触れてみたいという誘惑に勝てなくなった。震える指先で女の唇にそっと触れると、それは想像以上に柔らかく、なぜだか男の胸はきゅうっと締め付けられるように苦しくなった。

その時、女が再び声を発した。

「○○○▽」

その声は、今までの鋭く、恐怖を含んだものとはまったく違う響きで男を包み込んだ。

その声は優しく、甘く、まるで男のすべてを溶かしてしまうかのような力を含んだものだった。とうとう、女をどうしても自分のものにしたいという誘惑に抗えなくなった男は、女を抱きかかえると、森の奥にある自分の洞窟へと連れ帰った。

さて、いざ女を連れ帰ってみたものの、男には女をどう扱っていいかわからない。女のほうは女のほうで、突然見知らぬ場所に連れてこられたショックで、ひたすら身を固くして、男に対して心を閉ざすばかり。男から与えられた干し肉や、クルミなどの樹の実にもいっさい手を付けず、日に日にやせ細っていく。女の身体を心配した男は、なんとかして女の気持ちをときほぐそうと、様々な手段を試みた。女のために、シカの毛皮で暖かい服を作って着せてやったり、寒さで赤くなった女の掌や足を、焚火の火で温めてやったりと、心を尽くして女の世話を焼いてやったが、女が心を開くことはなかった。万策尽き果てた男は、ある日、ふと思い立って、洞窟から歩いて一時間ほどのところにある河原へと出かけることにした。その河原に、美しい石がたくさん落ちているのを知っていたからだ。男はその美しい石を女にプレゼントして、少しでも女の気持ちを慰めてやりたいと思ったのだ。

男が河原に向かって歩いていると、途中、鉛色の空から雪がちらほらと落ちてきた。この様子だと、間もなく吹雪になるかもしれない。男の頭にちらりと不安がよぎった。ふだんならここで引き返すところだが、その日に限って男は引き返さなかった。女のために美しい石を持ち帰ることで、なんとかして彼女を元気づけてやりたいと思ったからだ。男の予想通り、雪は徐々に降り方を強め、男が河原に着くころには、視界がほとんど遮られるほどの激しい吹雪になっていた。しかし、男は決してひるまなかった。吹雪の中、よくよく目を凝らして、足元にある石の中から、特に真っ黒でつややかな石をいくつか探し出すと、それを拾って腰に付けた革袋の中にしまった。

一方、洞窟に一人残された女は、外を吹き荒れるすさまじいまでの吹雪を見て、次第に不安を募らせていた。もし、このまま男が戻らなかったらどうしよう？　女は決して、男に心を開いたわけではなかったが、それでも心の中では、男から自分に向けられる真心をちゃんと理解してはいたのだ。万が一、男がこのまま洞窟に戻ってこなかったら、自分はふたたびたった一人で森の中で暮らさなければならない。そう考えると、どうしようもない不安と寂しさで、胸がつぶれそうになってきた。女はすさまじい吹雪が顔を叩きつけるのも構わず、洞窟の入り口から外へ出て、男の姿を探し始めた。しかし、すべてを白く覆いつくすようなすさまじい吹雪の中から、男の姿を探し出すことは、決して容易なことではなかった。

河原で石を拾い終わった男は、一刻も早く洞窟にいる女のところへ帰ろうと、森の中を歩き続けていた。しかし、吹雪はおさまるどころか、刻一刻と激しくなり、しまいには右も左もわからないほどの猛吹雪になってしまった。完全に道を見失ってしまった男は、自分が今いる場所がどこなのか、それすらまったくわからなくなり、途方に暮れた。どうしよう？　このままでは、洞窟に到着する前に、おれ自身、命を落としてしまうかもしれない。もしこのまま自分が帰らなかったら、洞窟に一人残された女はいったいどうなるだろう？　一人になっても、ちゃんと自分で食料を調達して、生きて行くことができるのだろうか？　こんな状況でも、男が考えるのは洞窟に一人残してきた女のことばかり。女のためにも、何としても生きて帰らなくては。男はその一心で、歯を食いしばって歩き続けた。

吹雪はますます勢いを増し、次第に男の身体も雪に覆われていった。身体は芯まで冷え切り、手も足も冷たさのあまり、とうに感覚をなくしていた。けれど男は決して歩みを止めなかった。なんとしても女の元へ帰るんだ、その強い思いだけが、かろうじて彼が倒れるのを踏みとどまらせていた。

と、その時、すさまじい吹雪の轟音に混じって、微かに何者かの声が聞こえてきた。男は神経を集中して、その声に耳をそばだてた。たしかに聞き覚えのある声だった。男にとって、なんとも心を震わせる声だった。その声に大きな力を得た男は、声のするほうに向かって再び前進を続けた。そしてとうとう前方に、吹雪の中にたたずむ女の姿らしいものを発見した。女はいまだ男の姿が見えないらしく、声を限りに叫び続けていた。その姿を見たとたん、男に新たな力が湧き上がってきた。彼は最後の力をふりしぼって走り出した。いや、正確に言うと、気持ちの中で走っていただけで、実際はカメの歩みほどしか進んでいなかったのだが。それでも、とうとう男は女の元にたどりついた。

「○×○○××▽」

女は感極まったようにそう叫ぶと、吹雪ですっかり雪だるまと化した男の身体をひしと抱きしめた。そんな二人の身体の上に、雪はさらに情け容赦なく降り続けたが、どういうわけか、二人の周りだけ一向に雪が積もらないばかりか、二人の周囲の雪は少しずつ溶け始めてさえいた。

吹雪の中から奇跡的に生還した男は、その後、命がけで拾ってきた石を丁寧に磨いて首飾りを作り、女へのプレゼントにした。それは、男にしてみれば、今で言うところの婚約指輪のようなものだったかもしれない。

一年後、洞窟の中では、女が今まさに新しい命を産み落とそうとしているところだった。いままで一度たりとも人間の出産に立ち会ったことのない男は、女の産みの苦しみに、ただおろおろするばかり。洞窟の中を、まるで落ち着きのないチンパンジーよろしく、行ったり来たり。そんな時間がかれこれ半日ばかり続いただろうか。すると突然、おぎゃーという元気な泣き声が洞窟中に響き渡った。驚いた男が女の傍らに駆け寄ると、女の足元に真っ赤な顔をした、くしゃくしゃで小さな生き物が転がっている。決して可愛いとは言いかねるその姿に、初めのうち男は戸惑いを隠せなかったが、それでもおそるおそる抱き上げると、赤ん坊は元気な声をさらに張り上げて泣き続けた。その声に恐れをなした男が、助けを求めるように女の顔を覗き込むと、女はこれ以上ないというほどの美しい笑顔で、たった今、自分の身体から出てきたばかりの赤ん坊を見つめている。男はその時初めて、この小さな命を自分の責任で守らなければならないことを悟ったのだ。

赤ん坊が生まれたことで、男と女の暮らしに、さらに大きな変化が訪れた。女は一日の大半を、赤ん坊の授乳や世話のために費やさなくてはならなくなったので、食料の調達は、主に男一人の仕事となった。それまでは男と女、二人揃って食料調達を行っていたのだ。

明け方、男はその日の食料を得るために、森の中へと出かけて行く。男が出かけている間、女は赤ん坊の世話をしたり、冬に向けての食料の貯蔵を行ったり、また、男が時折捕まえてくるシカやイノシシなどの毛皮を利用して、着物を縫ったりもする。男が一人で暮らしていたころには、とても考えられなかったような暮らしぶりの変化である。

それからさらに五年ほどの月日が流れた。かつて小さくてくしゃくしゃだった赤ん坊は、賢く、たくましい男の子に成長していた。彼はごく幼いころから、母親が発していた何種類かの声を聞き分け、そこに様々な意味が込められていることを理解した。たとえば「××▽」は、「敵（おもに大型の動物を指す）が近づいているから注意しなさい」という意味。そして「○○○×▽○」は「ごはんができた」の意味。そして「○○▽×」は「早く寝なさい」の意味といった具合である。子どもが母親の声を聞き分けるようになると同時に、男もまた、少しずつ女の声を聞き分けるようになっていた。このように、声によるコミュニケーションが可能になったことによって、男と女、そしてその子どもの結びつきは、より一層強固なものになった。要するに、今でいうところの「家族」になったということである。男は日中、息子を連れて狩りや樹の実の採集に出かけ、夕方、洞窟へ戻ると、女がその獲物を調理する。腹が満たされて幸せなのはもちろんだが、それ以上に、男は女と息子がいる生活に、言いようのない幸福を感じていた。

　しかし、ある日のこと、いつものように息子を連れて狩りに出かけようとしていた男を、珍しく女が引き留めた。そして女は真剣な顔で次のように言った。「××▽×▽」――なんとなく、災いが起こりそうな予感がするから、今日だけは狩りに行ってくれるなと。そんな女の心配に、男は笑って返した。「○○▽▽○○」――そんなの気のせいだ。今日は空模様もよく、絶好の狩り日和だ。心配するな。必ず大きな獲物をしとめて帰ってくるからと、取り合わない。それでも女は簡単には引き下がらなかった。必死な形相で、どうしても出かけてくれるなと懇願する。とうとう根負けした男は応えた。「○○▽××○▽○」――そんなに心配なら、息子は置いて行く。それならいいだろう？　と。なおも心配そうな顔を見せる女に、男は笑って手を振ると、愛用の手製の石斧を腰にぶら下げ、意気揚々と狩りに出かけて行った。

　女の不安に反して、その日の男はついていた。わずか半日ほどで大型のトカゲと野兎の仲間をしとめると、獲物を肩に担ぎ、大急ぎで女と息子の待つ洞窟へ向かって歩き始めた。先ほど、女の不安を笑い飛ばした男だったが、一刻も早く戻って、女を安心させてやりたいと思ったからだ。休むことなく二時間余り歩き続けて、ようやく洞窟の近くまで戻ってきたところで、男は突然立ち止まった。空気の中に、不吉なにおいを感じ取ったからだ。その生臭いような、酸っぱいようなにおいをかいだ時、男の心臓は一瞬凍り付いたようになり、それから今度は早鐘のように鳴り出した。それは、明らかに血の匂いだった。

　もしや、女と息子の身に何か起こったのではと思った男は、肩に担いだ獲物を惜しげもなくその場に放り投げると、全速力で走り始めた。そして、洞窟の入り口近くまで来た時、その場に呆然と立ちすくむ息子の姿を発見した。さらに不安を強くした男は、すぐさま息子に駆け寄って尋ねた。「×××▽×？　○○▽××？」――いったい何があったんだ？　お母さんは無事か？　しかし、息子は生気のない顔で立ち尽くすばかりで、いっさい答えようとしない。ただ、息子の手に握られたままの石斧が、べったりと血のりで汚れているのを見て、男は何が起こったかを瞬時に察した。あらためて足元に目をやると、あたり一面に点々と血の跡がついている。おそらく女は、オオカミか何かの獰猛な動物に襲われ、そのまま連れ去られたのであろう。そう思った男は、女を救出するべくすぐさま森の奥へと向かった。女の行方に関する唯一の手掛かりは、地面に点々とついている血の跡だった。男は慎重、かつ最高のスピードをもって、昼間でも薄暗い森の奥へと進んで行った。

　森の中にはオオカミやクマの仲間など、獰猛な動物たちがうようよしていて、いつ何時男に襲い掛かってくるかわからない。武器と言ったら、腰に付けた小さな石斧一つしか持たない男が、彼らに勝てる見込みがいったいどれくらいあるだろう？　しかし、男は自分にとって、今や自らの命よりも大切な存在となった女を救うため、わが身の危険も顧みず、前へ前へと進み続けた。そして、そのまま二キロほども進んだところで、突然、足を止めた。足元に、何かきらりと光るものを見つけたからだ。男がしゃがみこんで、その光るものを拾い上げて見ると、それは、かつて男が女に贈ったあの黒い石だった。女は男から贈られた石の首飾りを、いつも肌身離さず身に着けていたのだ。この石がここに落ちているということは……。

男は恐ろしい未来を予測して、みぞおちのあたりがギューッと締め付けられるような心地がした。と、その時だ。

「グワッ」突然、男の腕をめがけて、一匹の巨大なオオカミが跳びかかってきた。不意をつかれた男は、バランスを崩して地面に倒れてしまった。そこへさらに、オオカミが鋭い牙をむき出しにして襲い掛かってきた。もはや絶体絶命と思いきや、次の瞬間「キャイーン」と悲し気な鳴き声を立てながら地面に倒れたのは、オオカミのほうだった。男が顔を上げて見ると、オオカミが首のあたりから血を流してもがき苦しんでいる。そして、さらに男が視線を移すと、そこに肩で息をしながら、血のついた石斧を握りしめる男の息子が立っていた。父のことを心配した彼は、父の後を追って、森の奥まで来ていたのだった。

「××▽×××▽！」――お母さんを襲ったのはこいつだ！　息子は倒れているオオカミを指さして言った。その言葉を聞いて、男は激怒した。「〇×××▽××!!」――女を返せ!!　男はもがき続けるオオカミに向かってそう言ったが、むろんオオカミに通じるわけがない。絶望した男は、いまだ苦しみ続けるオオカミに、とどめの一撃を加えようとして、石斧を持った右手を振り上げた。しかし結局、男が振り上げたその手をオオカミに向かって振り下ろすことはなかった。彼が手を上げたその瞬間、どこからか女の声が聞こえたような気がしたからだ。女は常日頃から男に言っていた。決して命を粗末にするものではないと。たとえ相手が自分に危害を加えるかもしれない猛獣だとしても、むやみに殺すべきではないと。男はあらためて、地面に倒れたままもがき苦しんでいるオオカミを見つめ、思った。おそらくこのオオカミにも家族がいるのだろう。もしかしたら、父の帰りを待ちわびるオオカミの子どもが、今も巣の中で鳴いているかもしれない。そう思ったら、どうしてもとどめをさすことができなくなった。

男は振り上げた手をそっと下ろすと、息子の手を引いて洞窟へと戻って行った。洞窟へ戻る道すがら、息子はオオカミに襲われた時の様子をポツリポツリと語り出した。それによると、女は息子をかばおうとして、自ら進んでオオカミの前に躍り出たという。本来なら、母ではなく、自分がオオカミに連れ去られるところだったのだと。母ではなく、自分が犠牲になればよかったと涙を流す息子の肩を、父は強く抱きしめて言った。母でなく、もし自分がその場にいたとしても、おそらく母と同じ行動をとったであろうと。

洞窟へ戻ると、男は女のために墓を作った。といっても女の骨があるわけではない。それに、当時まだ明確な墓という概念自体あったわけでもない。ただ、男は女の記念として、何か形のあるものを残しておきたかったのだ。そこで男は、女がいつも身に着けてくれていたあの首飾りを、石で作った箱に入れ、それを洞窟の裏手の大きな樹の根元に埋めた。箱を土の中に埋める時、幼い息子はそれに取りすがって泣いた。息子にとっても、いつも母の胸にかかっていた首飾りは、母の唯一の形見であり、在りし日の母の姿を思い出させるものだったからだ。以来、父と息子は毎日のように女の墓を訪れ、野に咲く花や、森でとれた樹の実などを供えた。こうして女の肉体は滅んでしまったが、その魂は父子の胸の中に永遠に生き続けた。

女の悲しい死から数年後、寿命を終えた男が亡くなり、そしてそれからさらに数十年後、その息子も亡くなった。それからまた途方もなく長い年月が流れ、女の墓のあったところには、誰が植えたのか、一本の桜の樹が見事な枝を広げるようになっていた。

二　桜の樹の下には

時は三月、数日前、卒業式を終えたばかりのある高校の校門近くに、見上げるほど背の高い桜の大木が立っていた。それだけなら、ごく当たり前の春の一光景にすぎない。しかし、よく見ると、その景色を当たり前でなくしているものが一つあった。一人の青年がその木の根元にしゃがみこんで、一心に土を掘り返している。青年の名は田村拓也。市立桜ヶ丘高校の二年生だ。園芸部でも考古学部でもない彼が、制服の汚れるのも構わず、ただひたすら地面を掘り起こしている様子は、はたから見たら一種異様な光景と言っていいだろう。そこへ、ちょうど横を通りかかった、拓也の幼なじみで、同級生の水越みゆきが声を掛けてきた。

「たむちん、そんなところでいったい何をしているの？」

「何って、見ての通りさ。桜の樹の根元を掘っているんだ」

「そんなのわかってるわよ。だから、なんでそんなことをしているのか訊いているの」

みゆきは憮然とした調子でそう言った。

「屍体を探しているんだ」

「え？」

思いもかけない拓也の言葉に、みゆきはぎょっとしたように彼の顔を凝視した。

「何、そんなにじっと見つめているんだよ？」みゆきの視線に気づいた拓也が言った。

「屍体って、いったいどういうこと？」

「知らない？　桜の樹の根元に屍体が埋まっているって話」

「ううん。全然知らない。何それ？　ホラー映画か何か？」

「違うよ。梶井基次郎だよ」

「梶井基次郎って、前に国語の授業でやった？」

「そう。授業でやったのは『檸檬』だけど、『桜の樹の下には』っていう小説は、桜がこんなにも美しい花を咲かせるのは、その根元に屍体が埋まっているからだっていう話なんだ」

「何それ？　気味が悪い。だいたいそれは小説の中の話でしょ？　それでたむちんは、本当にそんな話を信じているの？」

「ありえない話じゃないだろ？　だってこの花、特別誰かが手入れしているってわけでもないのに、こんなに見事な花を咲かせている。不思議だと思わない？　おれ、この桜が、土の中に埋まっている屍体から養分を吸収したおかげで、ここまで立派に成長したと考えても、なんもおかしくないと思うんだけど」

拓也のその言葉に、みゆきはあらためて校門の脇に立つ桜の、見事な枝ぶりを見上げた。樹齢何年かは定かではないが、おそらく相当な古木であろう。桜の樹には、数えきれないほどたくさんの花が付き、今を盛りと咲き誇っている。淡いピンク色の花びらは、陽の光を受けてきらきらと輝き、思わずため息が出るほどの美しさだ。それにしても、こんな美しいものを屍体と結びつけるとは……。

「それで屍体？」みゆきは、拓也の顔をあらためてじっと見つめながらそう言った。

「うん」

「ふーん。やっぱり、たむちんのセンスは変わってるね」

みゆきはそんな一言を残すと、さっさとその場から立ち去ってしまった。しかし、拓也は相変わらず桜の根元を掘り続けている。もちろん、その場所に屍体が埋まっているという保証など何一つない。けれど数日前のこと、来春高校卒業を控えた拓也の頭に、ふとある考えが浮かんだのだ。この高校に入学して丸二年。自分は今まで何の目標も持たず、高校生活をただ漠然と続けてきたが、本当にこのまま卒業してしまっていいのだろうか？　せめて何か一つ、高校生活の証になるようなものを見つけたい。だから、万が一そこから屍体ではなく、拳銃や小判が出てきたとしても、それはそれで構わない。要は、汗水たらして掘ること自体に意義があるのだと。

次に拓也の横を通りかかったのは、彼と同じクラスで、野球部の副部長でもある園部実だった。

「おい田村、お前、そんなところを勝手に掘り返して、いったいどういうつもりだ？」

「勝手にって、別に誰かに迷惑かけているわけじゃないし、いちいち許可を取る必要ないだろう？」

「けど、一応ここは学校の敷地だぜ。少なくとも、校長の許可は取る必要があるんじゃないか？」

「なんでさ？　別にここの校庭だって、校長の持ち物ってわけじゃないだろう？」

「そりゃそうだけど、校長はここの管理責任者だろ？　やっぱ最低限、校長には言っておかなきゃまずいんじゃないか？」

「なら、お前から言っておいてくれよ」

「え？　なんでおれが？」

「見ての通り、おれは今、掘るのに忙しいんだ。だから頼む」

「いやだよ。おれだって、これから野球部の練習があるし」

「じゃ、明日の朝でもいいや」

「明日の朝でいいなら、自分で行けよ」

園部はあきれ返ったようにそう言うと、グラウンドでの野球部の練習に向かうため、走って行ってしまった。再び一人になった拓也は、相変わらず黙々と地面を掘り続けている。

その後も、何人かの生徒たちがそこを通りかかったが、一瞬、何か気味の悪い生き物でも見るような目つきで、拓也のことをながめた後、結局声を掛けることなく、足早に去って行った。拓也が桜の樹の根元を掘り始めて、およそ一時間がたったころ、彼のクラス担任の上原修一がやってきて、声を掛けた。

「誰かと思ったら、なんだ田村じゃないか」

「上原先生」

「二年の女子たちが、なんか怪しい奴が、校庭を勝手に掘り返しているって言うもんだから、慌てて飛んできたんだ。ところでお前、なんだってそんなところを掘り返しているんだ？」

「屍体を探しているんです」

「ええっ？　屍体？　お前、何を言ってる……。あ、もしかして梶井基次郎か？」

「はい」

国語が専門の上原先生には、拓也の考えていることがすぐに通じたらしい。

「しかしなあ、おまえ。あれはあくまでも小説の中での話であって、実際に桜の樹の下に屍体が埋まっているってことではないんだぞ」

「そんなのわかっています」

「そしたらなんで？」

「なんで？　正直言って、おれにもはっきりとはわかりません。けど、この間ふと思ったんです。おれ、この高校に入って二年もたつのに、今まで何にもしてこなかったなって。このまま何にもしないまま卒業しちゃって、本当にいいんだろうかって。ここ数日そんなことを思いながら、昨日、放課後たまたま校門のところまで来てこの桜の樹を見上げたら、すごくきれいに花を咲かせている。おれ、二年間ここへ通ってきて、初めてここに桜の樹があることに気づいたんです。ありえないですよね？　ここでこんなに見事に花を咲かせている樹があるのに、今までまったく気づかずにいたなんて。それでおれ、思ったんです。昨日たまたま初めてこの桜の樹に気づいたってことには、きっと何か意味があるはずだって。もしかしたら、この樹がおれに何かを訴えようとしているんじゃないかって」

「へえ。田村、そんなこと考えていたんだ」

「だから先生、いいですよね？　ここを掘っても。別に誰かに迷惑を掛けているわけでもないし。もちろん、樹そのものに傷をつけているわけではありません」

「え？　うん。まあ、そうだな……わかった。掘ってもいい。けど、掘り終わったら、必ず穴は元の通り埋めておいてくれよ。でないと、万が一、通りかかった誰かが穴に落ちて、けがでもしたら大変だからな」

「はい。わかりました」

「それにしても田村、お前、そのスコップ、小さすぎないか？」

上原先生は、拓也が手にしている小さなスコップをしげしげと見ながらそう言った。

「はあ。確かに。たまたまうちにあったのが、これだったもので」

「用務員の重松さんに訊いてみたか？　たぶん、重松さんなら快く貸してくれるはずだぞ。大きなシャベル」

「ありがとうございます。訊いてみます」

拓也が素直に上原先生のアドバイスに従い、用務員の重松さんのところに訊きに行くと、重松さんはちょっと驚いたように答えた。

「え？　なんだ。君もシャベルが必要なんだ。今日はみんなどうしたんだい？　畑仕事でもやろうっていうのかい？」

「え？　おれのほかにも借りに来た人いるんですか？　シャベル」

「ああ。たしか……二年二組の水越さんって言ってたけど」

重松さんのその答えを聞いて、今度は拓也のほうが驚く番だった。

「みゆきの奴、なんだってまたシャベルなんか……」

拓也が首尾よく重松さんからシャベルを借りて、ふたたび校門の桜の樹のところまで戻ってくると、意外にも、そこにみゆきが立っている。

「なんだ、みゆき。帰ったんじゃなかったのか？」

「だって。幼なじみが苦労しているのに、見捨てるわけにいかないでしょ？」

「え？　ってことは、手伝ってくれるのか？」

「べつにいいけど、高いよ、たむちん」みゆきは、拓也の顔を上目遣いで見上げるようにしてそう言った。

「なんだよ。お前にはボランティア精神ってものがないのかよ？　心の狭い奴だなあ。だいたい、お前、いいかげんそのたむちんっていう呼び方、やめろよ」

「なんで？　だって、たむちんは昔からたむちんでしょ？」

「今、おれの周りでその呼び方するの、みゆきと浩介ぐらいなもんだよ」

「べつにいいじゃん。呼び方なんて、なんでも」

「そうだけど……」

「それで、手伝ってほしいの？　ほしくないの？」

「そりゃあ手伝ってほしいけどさ」

「まんてんのラーメン・チャーハンセットおごりなら、手を貸すよ」みゆきはうれしそうにそう答えた。

「セットはさすがに……」

「それじゃあ、大まけにまけて、まんてんのチャーシュー麺」

「はいはい。わかりました。それでお願いします」

こうして、みゆきという心強い助っ人を得た拓也は、意欲も新たに、再び桜の根元を掘り出した。掘り手が二人に増えたことで、作業は一挙に進むかに思えた。しかし、残念ながら、事はそうトントン拍子には進まなかった。二人でさらに一時間以上かかって掘り続けても、屍体はおろか、動物の骨一つ見つけ出すこともできない。二人の周囲には、桜の樹の根元から掘り出された、大量の土砂の山がどんどん増えるばかり。そして二時間後、とうとうみゆきのほうが音を上げた。

「ねえ、もう何を掘っているのかわからないくらい、真っ暗になったよ。いい加減終わりにしない？」

「いいよ。みゆきは先に帰れよ。おれは一人で続けるから」

「だって、それじゃあチャーシュー麺は？」

「ごめん。それはまた今度」

「今度って、それ、いったいいつよ？……しようがないなあ。わかったわよ。もう少し付き合うわよ」

みゆきの言葉に少しも動じることなく、ただひたすら掘り続ける拓也の姿を見て、みゆきもそう言わざるを得なかった。

それからさらに一時間、二人は月明りだけを頼りに黙々と掘り続けた。最後までグラウンドに残っていた野球部員たちも、一人残らず校門を出てしまうと、あたりは急に静かになった。

「学校って、実はこんなに静かなところだったんだね。ちっとも知らなかった」

みゆきがぽつんと言った。

「うん。もしかしたら、人間と一緒で、学校にもふだんは見せない意外な一面ってのがあるんじゃないか？」

「え？　ってことは、たむちんにも、意外な一面っていうのがあるってこと？」

「どうかな？」

それきり拓也は口をつぐんだ。誰もいなくなった校庭は恐ろしいほど静かで、まるでこの世界にたった二人だけで取り残されたような、そんな錯覚さえ起こさせた。

「ねえ。やっぱり帰ろう」みゆきが拓也の袖を引っ張りながら言った。

「いいよ。帰れよ」と、拓也。

「あたし一人で帰るの？」みゆきがめずらしく不安そうな顔で訊く。

「何だよ？　一人で帰れないのかよ？」

「だって……」

「あ！」突然、拓也が声を上げた。

「え？　何？」

「いや。今、何かに当たった気がしたんだ」

「当たったって？　土の中に何かあるってこと？」

「うん。わからないけど、今までの感覚とはちょっと違う気がする」

「なんだろう？」

「何か硬いものにぶつかった感じなんだ。ごめん。みゆきもちょっと手伝ってくれる？」

「わかった」

拓也とみゆきはそこからあえてペースを落とし、慎重に掘り進んだ。万が一、本当に屍体か何かにぶつかっていて、損傷させたら大変だと思ったからだ。

「やっぱり何かある」

拓也はそう言いながら、今度は素手で土を掘り返し始めた。やがて土の下から、何やら縦横十五センチほどの四角いものが姿を現した。拓也が周りを覆っている土を、手で丹念に落としてみると、正方形の小さな石の箱のようなものが現れた。

「これはいったいなんだろう？」それを月明りの下にかざすようにしながら、拓也が言った。

「箱みたいに見えるけど、中に何か入っているの？」みゆきが尋ねた。

拓也はその箱状のものを、そっとゆすってみた。すると、明らかに中で何かがぶつかるような音がする。にわかに好奇心にかられた拓也は、箱のふたを開けようとして手を掛けた。すると、

「ちょっと待って！」みゆきが叫んだ。

「え？　なんで？」

「もしかして、ふたを開けたとたん、白い煙がもうもうと出てきたりするかもしれないでしょ？」

「何それ？　浦島太郎？　そんなはずないだろ？」

拓也はみゆきの言葉には耳も貸さず、いきなり石の箱のふたを開けてしまった。反射的に、顔を覆ってしゃがみこんだみゆきに対して、拓也はじっと箱の中を凝視している。

「何？　何が入っているの？　やっぱり骨？」

みゆきが自らの顔を覆っている指の隙間からそう尋ねると、

「うーん。よくわからないけど、何か、石で作られた装身具のようなものかもしれない」

「装身具？」

「首飾りとか、耳飾りとか、そういった類のものかも」

「そんなものが、どうして学校の桜の樹の下に埋まっているの？」みゆきが、いかにも合点が行かないといった顔で尋ねた。

「どうしてだろう？　それはおれのほうこそ知りたいよ」

「なんだか気味が悪い。ねえ、たむちん。それ、やっぱり元の場所に戻したほうがいいんじゃないの？」

「嘘だろ？　こんなに苦労して掘り当てたのに？」

「でも、もしかして呪いの石とかだったらどうするの？」

「おいみゆき、お前のほうこそホラー映画の観すぎじゃないの？」

「だって……」

いつになく弱気なみゆきの様子を見て、拓也は言った。

「わかった。じゃ、この石はおれが責任を持って家へ持って帰る。それなら、万が一呪いの石だったとしても、みゆきに迷惑がかかることはないだろ？　呪いはおれが一人で引き受ける」

「たむちん、本当にだいじょうぶ?」

「うん。だいじょうぶ。さ、これ以上遅くなると、みゆきの家の人も心配するだろ? 早く帰ろう」

「うん」

拓也はその箱を大切にカバンの中にしまうと、今度は掘り返した大量の土を、みゆきと手分けして穴の中に戻し、ようやく帰宅の途に就いた。

三　不思議な石

帰宅してから、明るい部屋の中で見ると、やはりそれは黒曜石か何かの石を削って作られた装飾品のようだった。大きさは直径三センチほどの円形で、中心部に穴が開いている。色は黒っぽいが、石の模様なのだろうか、ところどころに白い筋が入っており、それがなんともいえず、その石にある種の個性と美しさを与えていた。

それにしても、いったい誰が何の目的で、この箱をあの場所に埋めたのだろう？　子どものいたずらにしては、あまりにも手が込んでいる。それに、この箱の劣化の様子を見ると、数十年前のものというより、百年単位、いや、場合によっては千年単位の時間が経過しているのかもしれない。

拓也は、太古の時代に暮らした女性が、それを身に着けた姿を想像してみた。その時代、人はどんな暮らしをしていたのだろう？　拓也が歴史の授業で習った記憶で言えば、縄文時代、人は矢や石斧などを使って狩りをしたり、魚や貝等を採って食料にしていたという。彼らの周りには、おそらくマンモスやオオカミなどの猛獣もうようよしていただろう。毎日が生きて行くのに必死な環境の中で、人はそれでも美しい首飾りや耳飾りを身に着けて、少しでも気持ちを上げようとしたのだろうか？　それとも、これはやはり誰か男性から、愛する女性に贈られたものなのだろうか？　後者だとすると、いかにも大切に、箱の中にしまわれていたこととつじつまが合う。拓也は箱の中の石を、そっと自分の掌の上に取り出して、あらためて電灯の灯りの下に透かして見た。光の下で見ると、石はなお一層黒々と輝きを増し、かつてそれを身に着けたであろう人物の美しさを際立たせるような気がした。拓也はその晩、石の入った箱を自分の枕元に置いたまま眠りについた。

真夜中、ふとのどの渇きを覚えて目覚めた拓也は、信じられないような光景を目にした。寝る前に枕元に置いた石の箱のあたりが、ボーッと明るくなっている。驚いて箱の中身を確認すると、なんと黒い石が自ら光を放っている。青白い光の色は、一見冷たそうにも見えるが、恐る恐る手を近づけて見ると、ほんのりと暖かく、まるで石そのものが生きているかのようだ。あまりにも不思議なその光景に、拓也は時のたつのも忘れて、光る石を見つめ続けた。

翌朝、目覚まし時計のけたたましい音で飛び起きた拓也が、ハッとして枕元を確認すると、夕べ光っていた箱は、まるで何事もなかったかのようにただそこにある。ふたを開けて中を確認してみても、やはり石にも光は見られない。昨夜、自分が見た光景はいったいなんだったのか？　まさか夢？　それにしては、妙にリアルな夢だったと思いながら、石の入った箱を机の引き出しにしまい、顔を洗うため階下へ降りようと階段へ足を掛けたところで「お兄ちゃん」と背後から呼び止められた。

拓也に声を掛けたのは、彼の三歳年下の妹——まゆだった。

「なんだよ？　いきなり」

「ねえ、気づいてた？　お父さん、夕べも帰ってこなかったみたいなの。お母さん、相当いらだっているみたいだから、怒らせるようなことしないでね」

「夕べもって、出張か何か？」

「何、悠長なこと言ってるのよ？　お兄ちゃん、知らないの？　お父さんどうやらこれらしいの」

まゆは自分の小指を突き立てて、拓也の鼻先に差し出した。

「え？　どういうこと？　父さんの小指がどうかしたの？」

「もうお兄ちゃんたら、とぼけないでよ。これ、といったら女に決まってるじゃない」

「それって、もしかして父さんが浮気をしてるってこと？」

「はっきりとはわからないけど、少なくともお母さんはそれを疑っているみたい」

「まさかあ。あの父さんに限って」

拓也は、自分の父親の薄くなりかかった頭頂部や、突き出たお腹を頭に浮かべながら言った。

「お兄ちゃんはわかってないなあ。世の中、そういう人に限ってってことが、結構あるのよ」

「そうかなあ？　あるかなあ？」

「お兄ちゃんは女心がわからないから」

「それじゃ何か？　まゆは父さんに、男としての魅力を感じるとでもいうのか？」

「そうは言ってないけど、それでもほら、お父さんって優しいでしょ？　女は優しい男には弱いのよ」

「お前、まだ中二のくせに、わかったような口を利いて」

そこへ階下から、母親の明子の呼ぶ声が聞こえてきた。

「拓也、まゆ、ご飯できたわよ。起きているなら、早く降りてきなさい」

「はーい」と、元気よく答える妹の顔を、拓也はまだいぶかし気に見つめている。

「この話はまた夜にでも」兄の耳元でそうささやくと、まゆは早くも階段を駆け下りて行った。

あの父さんが、浮気？　まさかな。そんなはずないよな……。

拓也は、たった今妹から聞かされた話をありえないことと思いながらも、一方では完全に否定しきれないでいた。


「たむちん、おはよう」

朝からモヤモヤを抱えた状態で登校してきた拓也に、さっそくみゆきが声を掛けてきた。

「おはよう」気もそぞろに拓也は答えた。

「あれ？　なんか元気ないけど、やっぱりなんかあった？」

「やっぱりって、なんだよ？」

「ほら、夕べ、たむちん、あの石を家に持って帰るって言ってたから、何か事件でも起きたのかと思って」

「事件？　そういえば……」と言いかけて、拓也は途中で口をつぐんだ。ここでみゆきに昨夜の出来事を話して、また呪いだなんだと大騒ぎされるのが嫌だったからだ。

「え？　そういえばどうしたの？　やっぱり何かあったの？」

「い、いや。なんでもない。おれの勘違い」

「ふーん。だったらいいけど」

「……」

「それであの石、どうするつもり？」

「どうするって？」

「鑑定とかに出さなくていいの？」

「鑑定？」

「だって、もしかしたらあの石、世紀の大発見って可能性もあるんじゃない？　そうなったらたむちん、一挙に有名人じゃん。テレビとかに出られるかもしれないよ」

「うん……」

「ねえ、やっぱり今日のたむちんおかしいよ。本当にだいじょうぶ？」

「うん……」

「たむちん、もし具合が悪いなら、保健室付き合うよ」

「だいじょうぶだって言ってるだろ！」

自分でも驚くぐらい大きな声が出て、拓也はハッとした。その時教室にいた生徒たちも、みなこちらのほうを振り返って見ている。いたたまれない気持ちになって、拓也は教室を飛び出した。

「待ってたむちん！　どこへ行くの？」

「トイレ」みゆきの問いに、そう答えるのがやっとだった。

尿意もないのにトイレに立ちながら、拓也の頭の中は父のことでいっぱいだった。あの父が浮気をしている。父に限って、そんなことぜったいにありえない。いや。でも、ありそうもないことが起こるのも、また事実だ。ということは、やはり……。

父が浮気をしているらしいという妹の言葉は、その後も拓也の中で勝手に増殖を続け、放課後、彼が帰宅の途に就くころには、もはや手が付けられないほど大きなものとなっていた。拓也の想像の世界では、父は悪い女に騙された挙句、すっかり骨抜きにされてしまい、もはやすべてにおいて彼女の言いなりになってしまっている。ゆえに、母に対して離婚を切り出すのも時間の問題で、おそらく今晩、父の帰宅早々にもそういう展開になるかもしれない。そうなったら、母と自分たちはいったいどうなるのだろう？　仮に、自分は大学進学をあきらめるとしても、まだ中学二年の妹に、高校進学を断念しろというのはあまりにも酷な話だ。それじゃあいったい？　父は母に慰謝料を払うつもりでいるのか？しかし、悪い女の言いなりになっている父に、そんな財力が残っているとも思えないし、それに何より、自分は父のことを愛している。幼いころから、父は長男である自分を心から慈しみ、大切に育ててくれた。学校に上がる前は、身体が弱くてしょっちゅう熱を出した自分を、真夜中でも病院へ連れて行ってくれた父。自転車の補助輪が外れるまで、何度でも練習に付き合ってくれた父。夏休みになると、片瀬海岸まで海水浴に連れて行ってくれた父。そんな父のことを、いかに外に女を作ったからとはいえ、突然嫌いになれるわけがない。拓也の目下の心配は、愛する父が自分たちを置いて、家から出て行ってしまうのではないだろうかということだった。金銭的な心配をする以前に、拓也にとっては、父という存在そのものが大切なのだった。

さんざん悩んだ挙句、拓也は学校が終わった後、父の会社を訪ねてみることにした。母のいる家の中では、お互い遠慮があって本音で話せないような気がしたし、そのうえ今晩だって、父が必ず家に帰ってくるという確実な保証など何もないのだ。

四　父の決心

　実を言うと、拓也が大手町にある父の会社を訪れるのは、これで二度目となる。一度目は、まだ拓也が小学校低学年のころのこと。その日は拓也の誕生日で、せっかくだから家族みんなで食事をしようということになった。

「お父さんの会社の近くにおいしいお店があるから、会社の前で待ち合わせをしよう」父の提案で、母と拓也、それに妹のまゆの三人で父の会社へ向かった。

　拓也の驚きは、すでに地下鉄の駅を降りた時から始まっていた。右を見ても、左を見ても、今まで一度も目にしたことのないような大きな建物が並ぶ通り、その中をせわしなく歩くビジネススーツ姿の人々、ふだん自分が目にしている光景とのあまりの違いに、拓也の興奮は早くも相当に高まっていた。そしてその興奮は、「ここがお父さんの会社よ」と母から告げられた時、最高潮に達した。天まで届くのではないかと思うほど背が高く、ピカピカと黒光りする、人を圧倒するような建物。まさかこんな立派なところに父の会社があるとは。拓也はしばらくの間、小さな口をポカーンと開けたまま、巨大なビルディングを見上げていた。

しかし、拓也の興奮にはまだ続きがあった。その立派な建物の中から、父が悠然とした様子で出てきたのだ。その時拓也が目にした父は、ふだん彼が知っている父ではなかった。グレイのスーツをピシッと着こなし、手には光沢のある黒のカバンを提げている。毎朝、拓也たちが目覚めるより早く家を出てしまい、帰宅するのはいつも晩の十時か十一時。当時、小学校低学年だった拓也が、父の出勤もしくは帰宅する姿を目にすることは、ほとんどなかったのだ。「おう！　よく来たな」父はそう言って、こちらに向かって片手を挙げてみせた。拓也には、その姿がまるで特撮ものに出てくるヒーローのように見えた。もともと決してイケメンというわけではない。最近では、徐々に腹も出てきて、頭頂部など透けて見えるほどである。そんな父ではあるが、拓也にとってはいまだに永遠のヒーローなのだ。だから、ぜったいに失うわけにはいかない。たとえ浮気をしようが、女に騙されて全財産を失おうが、自分にとっての父は、あの父一人しかいない。父が家を出て行くような事態になる前に、なんとしても引き留めなくては。

拓也が受付で父の部署と名前を告げると、受付の女性はしばらくの間、社内の内線一覧表のようなものに目を落としていたが、やがて顔を上げて言った。

「申し訳ありません。営業部の田村はすでに退職しておりますが」

「え？　今、なんて？」拓也は思わず聞き返した。

「営業部の田村は先月末で退職いたしました」

目の前が真っ暗になるという表現があるが、拓也の場合は違った。目の前がオレンジ色――いや、むしろ夕焼けの色に近いかもしれない。とにかく、目に映る景色の色が一瞬にして変わった。と同時に、耳にも異変が起こった。キーンという金属を引っかくような高音が、耳の奥で鳴り続けている。立っているのもつらくなって、思わずしゃがみこむと、受付の女性が「だいじょうぶですか？」と、駆け寄ってきた。

「はい。すみません……だいじょうぶです」

その間も、拓也の頭の中は目まぐるしく回転していた。先月末で退職したということは、退職してから三週間余りも、父は会社に行くふりをしていたということになる。いったい何のため？　出張と言っていたのも、もしかしたら退職したことを隠すためだったのではないか？　ということは、すでに父は女と新たな生活を築くために、会社を退職してまで準備を進めているということか？　それじゃあ、今さらいくら自分が引き留めても、もはや手遅れということか？　新たに明らかになったこの事実は、拓也を完全に打ちのめし、彼はしばらくの間立ち上がることもできずにいた。

十五分ほど休ませてもらって少し気分が落ち着くと、拓也は受付の女性に礼を言って、父の勤めていた会社を後にした。これからどうしよう？　とにかくこのことは、母と妹にはぜったいに秘密にしておかなければならない。事実を伝えれば、二人は相当なショックを受けるだろうし、何より父の立場を危うくさせることにもつながりかねない。できれば、父と二人きりで話がしたいが……。

悩んだ末、拓也は思い切って、父の携帯に電話を掛けてみることにした。

〝トゥルルル　トゥルルル　トゥルルル〟

「もしもし」父は三コール目で出てくれた。

「父さん」

「どうした拓也？」

「実はさっき、会社へ行った」

「会社って、父さんのか？」

「うん」

「……」

「父さん、今どこにいるの？」

「江の島」

「江の島？」

「うん。なんだか、久しぶりに海が見たくなってな」

「ふーん」

「拓也も来るか？」

「え？　江の島に？」

「うん。久しぶりに一緒に飯でも食おうや」


拓也は二年前の夏休みにも、当時同じクラスだった植田郁夫と、江の島を訪れたことがあった。ちょうど海水浴シーズン真っただ中とあって、その時はうんざりするほどの人ごみだったが、三月の、しかも平日とあって、今日はさすがに人が少ない。片瀬江ノ島駅の改札で待ち合わせした父は、拓也が小学生の時目にしたのと同じようなスーツ姿で立っていたが、その姿は少々くたびれて見えた。

「お前、ずいぶん背が伸びたな」

開口一番、父はそう言った。

「何を今さら。毎日顔を合わせてるだろ？」

「うん。いや。見ているようで、あんまり見てなかったんだな、お前の顔」

父さんが女のことにうつつを抜かしているからだろ、という言葉がのど元まで浮かんだが、拓也はぐっとこらえた。会う早々、嫌な思いはしたくなかったのだ。

「飯、何か食べたいものあるか？」父に訊かれ、拓也は少し考えて、「ラーメン」と答えた。

本当を言うと、食欲はあまりなかった。いつ、父から女の話を切り出されるかと思うと、不安で胸がふさがれるような気持ちだった。

駅からほど近い店で、二人並んでカウンターに座り、拓也がチャーシュー麺、父がサンマーメンを頼んだ。

「へい。チャーシュー麺お待ち」

拓也のチャーシュー麺が先に来たのを見て、父は「麺が伸びるから先に食べなさい」と言ったが、拓也は箸をつけなかった。

「お前はそういうところ、昔からちっとも変わらないな。いったい誰に似たんだろうな」

「さあ？　誰だろう」

　父の言葉に、拓也はそう答えるしかなかった。本当は、家族全員が揃うまで箸を付けないのは、父の習慣をまねたせいなのだ。父は昔から、家族全員が揃うまで、決して箸をつけない人間だった。もっとも、ふだん帰宅時間が極端に遅い父と一緒に食事をすることなど、めったになかったので、日曜か、せいぜい盆休みと正月ぐらいの話ではあったが。それでも拓也は父と一緒に食卓につけるのが嬉しくてたまらず、毎週日曜日を心待ちにしていたものだ。しかし、今日は違う。せっかく父と一緒に食事ができるというのに、拓也の胸の中には重たい鉛の塊がある。いつ父の口から、母と離婚したいという言葉が出るかと思ったら、好物のチャーシュー麺を前にしても、少しも食欲がわかなかった。

「拓也」父から呼びかけられ、拓也はいよいよだと腹をくくった。

「お前が小さいころ、よく片瀬海岸に遊びに来たこと、覚えてるか？」

「そ、そりゃ覚えているさ」なんだか、肩透かしを食らった感じだった。

「お前は足が立たないところでも、一人で平気で行っちゃうようなところがあって、お父さん結構ひやひやさせられたんだぞ」

「そうだったっけ？」

「ああ。まゆは水を怖がって泣いてばかりいたけど、拓也は全然怖がらなくてな」

「へえ。まゆにもそんなしおらしいところがあったんだ」

「うん」

やがて父のサンマーメンが運ばれてくると、二人は無言でラーメンをすすった。拓也はどこかで父に話を切り出さなければならないことはわかっていたが、なかなかそのきっかけをつかめずにいた。それに今、へたに口を開けば、父に対する怒りが爆発してしまいそうで、怖かったというのもある。ほとんど味もわからないままチャーシュー麺を食べ終わると、父はそのタイミングを見計らっていたようにさっと席を立って、会計を済ませ、一緒に店を出た。

外へ出ると、あたりはすでにとっぷりと暮れていた。

「せっかく来たんだから、海を観に行かないか?」父の提案に、拓也は無言でうなずいた。

「さすがに真っ暗だなあ」海岸への道を歩きながら、父がぽつりとそう言った。

「でも、星がきれいだよ」少々ぶっきらぼうに、拓也が返した。

拓也の言葉通り、三月の夜空に浮かぶ北斗七星が、二人を静かに見下ろしていた。

「少し歩こうか?」海岸へ到着すると、父が言った。

「うん」

海岸線には時折犬の散歩をさせる人影がある以外は、歩く人もほとんどいない。遠くに江の島シーキャンドルの灯りを眺めながら、二人はしばらくの間無言で歩き続けた。

「ごめん。会社を辞めたこと、拓也に黙っていて」突然、父が口を開いた。

「言わなきゃいけないのは、それだけ？　それだけじゃないよね？　もっと重要なことがあるよね？」拓也がたたみかけるように父に迫った。

「え？　う、うん。あると言えばあるけど、拓也、なんでそれを知って……」

「知ってるのはおれだけじゃないよ。母さんも、まゆもだよ」拓也が、父の言葉を途中で遮った。

「え？　お母さんも、まゆも知ってる？　いったいどうして？」

「どうしてって……父さん、母さんを裏切っておいて、その言い方はないんじゃないか？　母さんがいったいどれだけ傷ついたと思ってるの？」

「え？　お母さんを裏切る？　いったいなんのことだ？　お父さん、別にお母さんを裏切るようなことは何もしていないぞ」

「今さら隠しても無駄だよ。みんな、父さんが浮気していること知ってるんだから」

「え？　ええっ？　ちょっと待てよ。拓也、何か勘違いしてないか？　お父さんが浮気って、いったいどこからそんな突拍子もない考えが出てきたんだ？」

「どこからって……だって父さん、このところしょっちゅう外泊してたし、しかも会社まで辞めちゃって、女の人と一緒にいたんじゃないの？」

「女の人？　お父さんが？　ははは……。もしそんな人がいたら、こっちのほうが紹介してほしいくらいだよ」

「じゃ、本当に違うの？」

「ああ」

「ほんとうにほんとう？」さらに念を押すように、拓也が言った。

「ああ。ほんとうだ」そう言いながら、父ははっきりとうなずいた。

「よかった！」父の言葉を聞いた途端、拓也はそう叫んで、砂浜にしゃがみこんだ。なんだか、今までの緊張がすべて解けて、全身の力が抜けた感じだった。

「けど、拓也たちに言っていなかったことがあるのも事実だ」父が静かに言葉を続けた。

「それって会社を辞めたこと？　会社で何か問題でもあったの？」

「いいや」

「それじゃ、なんで？　なんで父さん、会社を辞めたの？」

「うん……」父はなかなか口を開こうとはしなかった。

「え？　何？　まさか、人に聞かれたらまずいこととかじゃないよね？」

「そうじゃないけど」

「じゃ、何？」

「うん。言ってもいいけど、笑うなよ」

「笑わないよ。おれが父さんのこと、笑うはずないじゃん」

「実はお父さん、行きたいところがあるんだ」

「行きたいところ？　いったいどこ？　会社を辞めてまで行きたいところって、まさか、はやりのキャンピングカーで日本一周とかってやつ？」

「いいや。そうじゃない。拓也、マラウイって国、知ってるか？」

「マラウイ？　マウイ島じゃなくって、マラウイ？」

「そう。アフリカの南東部に位置する小さな国なんだけど、世界の最貧国の一つって言われているようなところなんだ」

「でも父さん、なんだってそんな国へ行きたいと思ったの？」

「お父さん、以前会社でコーヒーの販売に携わったことがあるんだけど、その時、初めてマラウイのコーヒーに出会って、そのおいしさにびっくりしたんだ。それがきっかけで、マラウイという国自体に興味を持ち始めて、個人的にもいろいろ調べるようになったんだけど、調べて行くうちに、マラウイという国が、実に様々な問題を抱えている国だということがわかってきた」

「問題って、どんな？」

「うん。いろいろあるけど、まず第一に水のことかな。日本では、どこのうちでも水道があるのが当たり前になってるけど、マラウイでは、国民の七割ほどの人たちしか、安全な飲料水を利用できていないんだ。そのうえ、都市部と農村部との格差もずいぶんあって、特に農村部では、いまだに四割ほどの世帯が、飲料水を汲むのに三十分以上歩かなければならないっていう環境に置かれている。安全な水が使えないっていうことは、衛生面で様々な問題を引き起こし、ひとたびコレラや新型コロナウイルスなどの病気が発生すると、あっという間に感染が広がってしまう。そして、その犠牲になるのは、たいがいまだ免疫力の強くない子どもたちなんだ」

「……」

「問題はそればかりじゃない。小学校に通っている子どもたちのことを言うと、せっかく学校に入学しても、最後まで修了できる子どもたちの割合はまだ六割ほどで、家庭の事情で、学校をやめて仕事に就かなきゃならなかったり、最近では徐々に減りつつあるみたいだけど、特に女子の場合、月経がはじまる年齢になると、中途退学したりっていうこともあるんだ」

「……」

「ほかにも、若者の失業率が高いとか、いろいろ問題があって、なかなか慢性的な貧困状態から抜け出せないでいる」

拓也は初めて聞くアフリカの小国の現実に、少なからずショックを受けていた。

「それで父さん、そのマラウイっていう国に行って、どうするつもりなの？　もちろん、ただの観光で行くつもりじゃないよね」

「うん。実は現地で給食支援を行っている日本のＮＰＯ団体があって、その手伝いをしようって思っているんだ」

「……っていうことは、しばらくの間、現地にとどまるってこと？」

「もちろん、基本的には現地のスタッフ中心にやっていくんだけど、これから給食を提供する施設をまだまだ増やしていく予定だから、以前から現地で活動を行っている海外の支援団体と協力して、一緒に動く人間が必要なんだ」

「それで、父さんがその役を引き受けようと思っているってこと？」

「うん。実は思っているだけじゃなくて、もう引き受けたんだ」

「え？」

「すまない。みんなに何も相談せずに決めてしまって」

「本当だよ。そんな大切なこと、なんで一言相談してくれなかったの？　おれだけじゃなくて、母さんやまゆにも大いに関係のあることでしょ？」

「ごめん」

「謝って済む問題じゃないよ。そんな話、母さんやまゆが聞いたらどれだけショックを受けると思ってるの？」

「……」

「そもそも父さんはおかしいよ。そりゃあ、まゆが嫁に行くとか、誰かが入院するとかってなれば仕方ないけど、そうでもないのに、なんでわざわざ家族が離れ離れになる道を選ばなきゃならないのさ。父さんがやろうとしていることは、たしかに立派なことかもしれ

ないけど、今、家族を投げ出してまでやらなきゃならないことなの？　日本でできること
だってあるんじゃないの？」
「そう。拓也の言う通り、日本の中にいてできることだってたくさんある。けど、これは
お父さんにとっては一つの挑戦なんだ。今まで自分が積み上げてきた経験や実績がまった
く通じないような場所に行って、何か新しいことを始める。これはお父さんにとって、決
して楽なことじゃない。だけど、楽じゃないからこそやってみたいんだ」
「それじゃあ、おれたちは父さんのその挑戦のために犠牲になれってこと？　父さんは、
自分の挑戦のためなら、家族を犠牲にしてもかまわないって思ってるってこと？」
「拓也、それは違うぞ。お父さんは、お母さんやまゆ、それにもちろんお前にだって、迷
惑をかけるようなことをするつもりはないぞ。お金のことなら、退職金もあるし、お前た
ち二人を大学に行かせるだけの費用は準備しているつもりだ」
「おれは別に、お金のことばかり言ってるんじゃないよ」
「それじゃあ、いったい……」
「もういい！　そんな大切なこともわからない父さんなら、アフリカだろうがどこだろう
が、勝手に好きなところに行ったらいいよ！」

拓也は吐き捨てるようにそう言うと、自分一人、踵を返して歩き出した。

「おい、拓也！　どこへ行くんだ？」

「決まってるだろ？　家に帰るんだよ」

「帰るんなら、お父さんも一緒に帰るよ」

「いい。おれ、一人で帰れるから」

呆然とする父をその場に残し、拓也はものすごい勢いで駅へ向かって歩き始めた。すでに辺りは真っ暗で、歩くたびに、海岸の砂が靴の中へ入ってくるのを感じたが、決して立ち止まろうとしなかった。彼の胸の中は、父に対する怒りと悲しみでいっぱいで、もし今口を開けば、泣き出してしまいそうで怖かったのだ。


その晩遅く、二日ぶりに帰宅した父が、家族一同をリビングへ呼び集めた。

「話って何よ？」まゆが不機嫌そうに尋ねた。

「いいから座りなさい」父は静かな声で応えた。一方、拓也も母も下を向いて押し黙ったままだ。

「実はお父さん、会社を辞めたんだ」

「え？」母とまゆがほぼ同時に声を上げた。

「みんなに相談もせず、勝手に決めたこと、本当に申し訳なかった」

「そんな急に、いったいどうして？　会社で何か問題でもあったんですか？」母が困惑したようにそう言った。

「いや。別に何も問題はないよ」

「だったらなぜ？」

「うん……。お父さんも今年で五十六歳になる。定年まであと五年を切って、あらためて自分の人生を振り返った時に、ふと思ったんだ。このままただ平穏無事に、定年までの残りの人生を過ごしてしまって本当にいいんだろうかって。お父さんにはもともと、他の社員を出し抜いて出世してやろうなんて強い気持ちはなかったし、むろんこれ以上出世する見込みもなさそうだし。もちろん、このまま黙って定年まで会社にいれば、それなりの退職金はもらえるだろう。家族にとって、そうしたほうがいいことは重々承知だ。だけど、もし自分の人生が一度きりしかないとしたら、このままただ惰性のように会社にいて、当たり前のように定年を迎え、老後を待つだけの生き方じゃ、あまりにも情けないって思ったんだ」

「それでお父さん、会社を辞めて、何かやりたいことでもあるんですか？」母が尋ねた。

「うん。実はアフリカへ行こうと思っている」

「アフリカ？」

「もう少し詳しく言うと、アフリカの南東部にマラウイっていう小さな国があるんだけど、そこで現地の子どもたちのために働こうと思っている」

「え？　それ、どういうことですか？　会社を辞めて、アフリカで働くって……。まさか、アフリカに移住でもするつもりなんですか？」

「うん。そのつもりだ。こんな大事なこと、お母さんにもみんなにも一言の相談もせずに決めてしまったこと、本当にすまないと思っている」

「え？　ちょっと待ってください。決めてしまったって、お父さん、そのマラウイってところへ行くことは、もう決まったことなんですか？　撤回の余地は少しもないんですか？」

母が困惑を通り越して、混乱したような様子で言った。

「すまない」父はそう一言言って、頭を下げた。

「父さんは勝手だよ」拓也が吐き捨てるように言った。

「勝手……たしかに拓也の言う通りだ。けど、お父さん、このまま人生を終わるのはどうしても嫌なんだ」

「お父さんの気持ちはわからなくはないけど、何も今じゃなくても。これからまだ拓也だって、まゆだって、受験を控えているんだし、進学すれば、お金だって今以上にかかります。何もそんな時にわざわざ……」

母は混乱のあまり、今にも泣き出しそうな顔でそう言った。

「お金のことなら、退職金もあるし、みんなには決して迷惑をかけないよう、なんとかする」

父が返した。

「なんとかって……。退職金は、老後の資金のためにとっておくんじゃなかったんですか？」

「老後の資金もたしかに大切かもしれないけど、人間、実際いつまで生きられるかわからないんだ。将来の心配をして、やりたいことを我慢するより、今やりたいことをやるべきなんじゃないかって思ったんだよ」

「お父さんは、わたしたち家族のことなんかどうでもいいと思ってるんでしょ？」

それまでじっと、貝のように口をつぐんでいたまゆが、突然口を開いた。

「どうでもいいとは思ってないよ。もちろん家族のことは大切だ。だから、まゆや拓也やお母さんに苦労を掛けるようなことをするつもりはない」

「でも、現にわたしたちを置いて、外国へ行こうとしているんでしょ？　その時点で、わたしたちを見捨てたも同然じゃない。だいたい、なんでわたしたちがお父さんの夢のための犠牲にならなきゃいけないの？　よその国の子どもたちのことを心配する前に、もっとわたしたちのことを心配してよ」

「まゆ、それはちょっと言い過ぎよ」母がたしなめるように言った。

「もういい。お父さんなんか大嫌い！」

まゆは叩きつけるようにそう言うと、一人で二階へ上がって行ってしまった。

「待ちなさい！　まゆ」

と、父が立ち上がろうとするのを母が止めた。

「今、あの子に何か言っても無駄ですよ。たぶん、聞く耳を持たないでしょう。あの子も高校受験を控え、特に今は気持ちが高ぶっているところです。そこへもってきて、お父さんの突然な話で、あの子の頭の中は今、相当な混乱状態なんだと思います」

「すまない。まゆや拓也の気持ちも考えず」

父が拓也のほうを向いてそう言ったが、拓也は答えなかった。

「とにかくこの話、しばらくの間保留にしてください。あなたの気持ちもわからなくはないけど、今は時期が悪すぎます。少し時間をください」

母の一言で、父のマラウイ行きの話は、いったんおあずけの形となった。

五　事件

　二階の自室へ戻るなり、拓也はベッドに身を投げ出した。幼いころから敬愛し、また信頼もしていた父から裏切られたショックは思いのほか大きかった。それに何より、父が自分の手の届かないところへ行ってしまうと思うと、寂しさのあまり胸がふさがれるような気持ちがした。今まで当然のように父と母の庇護のもとに生きてきた自分。父や母がいてくれたからこそ、安心して学校へ通ったり、勉強や部活にも打ち込むことができたのだ。その父が、自分たちの元からいなくなってしまうとしたら……？　拓也はあらためて、自分にとって父の存在がいかに大きなものであったかということに気づかされ、愕然としていた。

　ベッドの上で天井を見つめ、一人やり場のない不安や悲しみと闘っていると、ドアの外で「お兄ちゃん、ちょっといい？」と呼ぶ声がする。ドアを開けると、まゆがスマホを片手に立っていた。

「なんだよ？　なんか用かよ？」拓也がぶっきらぼうに尋ねると、

「そんな迷惑そうな言い方しなくても」まゆが口をとんがらせながら答えた。

「いや。別に迷惑とは言ってないけど……」

「じゃ、ちょっとだけ、入ってもいい？」

「別にいいけど」

「お兄ちゃん、これ見て」

そう言って、まゆがスマホの画面を差し出した。そこには、青空の下、沼なのだろうか？　とにかくあまりきれいとは思えないような水場から水をくむ少女の姿が映っていた。

「何これ？」

「マラウイ」

「ここが？」

「うん。アフリカの南東部にある小さな国らしい。都市部には水道設備が通っているらしいけど、地方の貧しい村では、まだまだ衛生的な給水設備まで、歩いて三十分以上かかるところも多いらしいよ」

そう言われて、あらためてスマホに映る少女の姿を眺めると、そんな大変な状況にもかかわらず、彼女の表情は明るく、生活の苦労などみじんも感じさせない。

「世界の最貧国の一つらしいけど、国民には争いを好まない、穏やかな気質の人が多くて、『アフリカの温かい心』って呼ばれることもあるんだって」と、まゆがスマホを使って、にわかに仕入れたらしい知識を披露する。

「ふーん。で？」

「で？って何よ？」

「それはこっちのセリフだよ。お前まさか、父さんがマラウイに行くのに賛成とか言うんじゃないだろうな？」

「そりゃあ、積極的に賛成とは言えないけど」

「なんだよ？　さっきとはずいぶん態度が違うじゃないか」

「うん。でも、冷静に考えたら、お父さんだってわたしたちのお父さんである前に、一人の人間だし、そのお父さんにやりたいことがあっても不思議じゃないよね」

「確かにそうだけど、何も今行かなくっても……」

「お父さんも決して若くはないし、体力的なことを考えると、海外で働くならもうあまり先へは延ばせないんじゃないかな？」

妹の言うことがいちいちもっともなので、拓也はこれ以上反論できなくなってしまった。

「わたしは明日、お父さんに言うつもりだよ。マラウイ行ってってくればって」

「まゆ……」

妹のほうが自分よりうんと大人だ。悲しいけれど、拓也はそう認めざるを得なかった。本当は拓也だってわかっているのだ。父の夢は決して突拍子もないことではなく、頑張れば手の届くものだということを。そして、父の夢の実現には、家族の協力がぜったいに欠かせないものだということを。

妹が部屋から出て行くと、拓也は再びベッドに身を投げ、天井をじっとにらみつけながら自問自答した。

「おい拓也、お前は父さんのことが大切じゃないのか？　その大切な父さんが自分の夢をかなえたいって言っているんだぞ。今までずっと家族のためだけに働いてきて、こんなことを口にするのは初めてのことじゃないか。それなのに、お前はその父さんのたった一つの夢さえも認めてやれないのか？　拓也、お前はそんなに了見の狭い人間だったのか？」

その時、拓也の足元で、コツンと何かがぶつかる音がした。

「え？　何？」慌ててあたりを見回したが、何もない――いや、あった。例の石だ。拓也が桜の木の根元から掘り出してきたあの石が、どういうわけか床の上に転がっている。今朝はたしかに机の中にしまって出かけたはずなのに、いったいどうして？　拓也は急いでベッドから起き上がると、机の引き出しの中を確認した。すると、石の入っていた箱のふたが開いている。今朝たしかに箱の中に入れて、ふたも閉めたはずなのに。大きな地震でもあったというのならいざ知らず、机の引き出しの中にしまわれていたものが、勝手にふたが開くなんてことがあるだろうか？

拓也はふたたび石を手に取り、あらためてじっくりと眺めてみた。つやつやと黒光りする石は、灯りの下で透かしてみると、怪しいほど美しく輝き、まるで石そのものに魂が宿っているかのように思えた。自然界にある石を、ここまできれいに磨き上げるためには、相当の時間と労力を要したであろうことは明らかだ。そう考えると、この石はやはり一人の男性から、愛する女性に対して贈られたものと考えるのが自然ではないだろうか？　いったいどんな男がこの石を贈ったのであろうか？　拓也の脳裏に、毛皮で作った衣服を身に着け、肩まで伸びた髪を後ろで一つに束ねた若い男の姿が浮かんできた。

彼は拾ってきた石を、自ら作った道具で丁寧に磨いている。初めのうちごつごつしていた石は、彼が何度も何度も磨くうちに、だんだんと角が取れ、美しく丸みを帯びた形へと変化していく。石を磨く男の表情はいかにも真剣で、彼がどれだけ思いを込めてその作業を行っているかが伝わってくる。何日間もかかって磨き続けた結果、石はまるで宝石のような輝きを持つ、最高の首飾りに変化していた。出来上がった首飾りを女が身に着けるところを想像し、嬉しそうにほほ笑む男。拓也の頭には、その男の表情まで浮かんでくるかのようだった。この首飾りによって、その後、男の思いが相手に通じたのかどうかはわからないが、いずれにしろ、そんな男の深い思いがこもった首飾り。ましてや、大切に箱の中にしまわれていたということは、贈られた相手の側も、それを相当大切に扱っていたはずだ。そんなにも思いがこもったものを、何も知らない自分が勝手に掘り出し、しかも持ち出したりしたら、もともとの持ち主は、いったいどういう気持ちになるだろう？　その持ち主がとうの昔に亡くなっているにせよ、やはり思いは残るのではないだろうか？

　翌日、普段より三十分ほど早く家を出ようとした拓也は、玄関を出たところで、危うく父と正面衝突しそうになった。

「おう、拓也か。もう出かけるのか？」

「……」

「まあいい。気を付けて行ってこい」

「……」

父に一言も答えず出かける自分を、我ながら子どもっぽいと思いながらも、素直になれない。拓也は苦い思いを抱えながら、学校へと向かった。カバンの中では、例の石の入った箱がカラカラと微かな音を立てている。夕べ一晩考えた挙句、やはり石は、元あった場所へ返すのが一番いいだろうという結論に達したのだった。

頭の中で、父のことを悶々と考えながら歩く拓也は、前方から自転車が迫ってきているのに少しも気づかなかった。猛スピードで走ってくる自転車は、相手がよけるものだと思い込んでいるらしく、まったくスピードを緩める気配がない。自転車のベルの音で、拓也がハッと顔を上げた時には、すでに遅かった。グワッシャーン！　すさまじい音と衝撃で、拓也は何が起こったかもわからないままに、地面に叩きつけられていた。その瞬間、拓也のカバンの中から、例の石の入った箱が転がり出したが、倒れたまま意識を失っている拓也が、そのことを知る由もなかった。しばらくすると、誰が呼んだのか救急車がやってきて、いまだ意識を失ったままの状態で倒れている拓也を病院へと運んで行った。

気づくと、おれは暗い海の中にいた。なんとか水面のほうへ浮上しようと、必死に手足を動かしてみるが、うまくいかない。く、苦しい……息ができない。

誰か助けて！

大声でそう叫んだつもりなのに、水中で叫んだ声は、むなしく泡になって消えてゆくばかり。どうしよう？　このままじゃ、本当に死んじゃうかも。おれはなんとかして助かりたい一心で、さらに必死になって手足をばたばた動かす。けれど、そうやってもがけばもがくほど、反対に身体は水の中に沈んでゆく。ああ、本当にもうだめかもしれない……。父さん、母さん、それにまゆ、今まで本当にありがとう。さようなら。天国でまた逢えるといいんだけど、天国のことは、行ってみなけりゃわからないよね。あ、どうやらお迎えが来てくれたみたい。誰かがおれのことをじっと見つめている。なんだか見覚えのある顔みたいだけど……。

事故から数時間後、ようやく目を開けた拓也の視界に飛び込んできたのは、味もそっけもない真っ白な天井だった。明らかに自宅のものではない天井に戸惑いながら、頭を横にずらそうとすると、意外にも視界に父の顔が飛び込んできた。

「おう、気が付いたか」

「え？　なんで父さんがいるの？」

「お前、ずっと気を失っていたからな。自転車にぶつかったのは覚えているか?」

そう言われれば、自転車のベルの音を聞いた次の瞬間、物凄い衝撃を感じたことまでは覚えているが……。

「お前、自転車と正面衝突して地面に投げ出され、意識を失っているところを救急車でこの病院まで運ばれてきたんだ。あ、でも安心しろ。転倒した時のショックで、軽い脳震盪を起こしたらしいけど、検査の結果、脳や何かには異常はないらしいから」

「そうなんだ」

「それにしても、ずいぶんうなされてたけど、だいじょうぶか? やっぱりどこか痛むのか?」父が心配そうな顔で訊く。

「いや。痛みは大したことないけど、ずっと夢を見てたんだ」

「夢?」

「うん。海でおぼれている夢。もがけばもがくほど身体がどんどん沈んでいって、助けを呼ぼうとして叫んでも、水の中だから声にならない。このまま本当に死んじゃうんじゃないかって思ってたら、誰かがおれのことを迎えに来た」

「迎え?」

「そう。てっきり天国へのお迎えが来たんだと思っていたら、そこで目が覚めた」

「……そうか。そう言えば、そんなこともあったよな」

「え？」

「いや。なんでもない。あ、そう言えば、お前のカバン、ベッドサイドの物入の中に入れておいたから、落ち着いたら、念のため中身を確認しておけよ」

「うん……あ！」

「どうした？」突然大声を上げた拓也に、父が驚いたように尋ねた。

「カバン！」そう叫びながら、いきなり起き上がろうとする拓也を父が制した。

「いきなり起き上がったりしたらダメだ。カバンならお父さんが取るから」

父からカバンを受け取ると、拓也はすぐに中身をあらため始めた。

「ない。石がない」

「え？　石？」

「父さん、カバン以外に何か落ちてたとか、聞いてない？」

「さあ？　お父さんが看護師さんから預かったのは、これだけだけど」

父の答えに、拓也は少なからずショックを受けた。もし、あの石が本当になくなってしまったとしたら、あの石を大切に箱の中に入れて、桜の樹の根元に埋めた人物に対して申し訳が立たない。そう考えた拓也は、すぐさま起き上がって、ベッドから下りようとした。

「おい拓也、何をしてる？　たった今言ったばかりだろ？　いきなり起き上がったらダメだって」

「でも、石を探しに行かなきゃ」

「石ってなんのことだ？」

「ものすごく大切な石なんだ。今朝、カバンの中に入れて家を出たことは確かだから、もしかしたら、自転車にぶつかった時に、その衝撃で転がり出たのかもしれない」

そう言いながら、拓也は早くもベッドの下から自分の靴を取り出して、履こうとしている。

「おい拓也、どうするつもりだ？　まさか、自分で現場へ行くつもりじゃないだろうな？」

「そのつもりだけど」

「ばか。今日一日は安静にって、お医者さんもおっしゃっていたんだぞ。今動くのは無茶だ」

「けど、本当に大切な石なんだ。おれがちゃんと元に戻してやらないと」

「わかった。それならお父さんが行ってくる。だからお前はここを動かないように。もうじきお母さんも来るはずだから」

父からそう説得され、拓也もすべてを父に託すことにした。父に石の特徴を伝えると、父は「任せておけ」の一言を残し、病室を出て行った。

数分後、父と入れ替わるように母が病室を訪れた。

「お父さんは？」

「うん。父さん、なんか急用が出来たみたいだよ」

拓也は思わず母に嘘をついた。なぜかあの石のことは、父と二人だけの秘密にしたかったのだ。

「急用って……息子が大変な時に、いったいどんな急用かしら？」

母はそうぶつぶつ文句を言ったが、拓也は知らぬ顔をしておいた。

「イチゴ持ってきたけど、食べる？」母の問いに、拓也は無言でうなずいた。

「拓也がこんな風に入院するの、これで二回目ね」タッパーに入れた真っ赤なイチゴを、拓也のほうに差し出しながら、母がポツリと言った。

「え？　おれ、以前にも入院したこと、あったっけ？」

「あの時拓也はまだうんと小さかったから、覚えてないかもしれないけど、五月の連休に、家族で片瀬海岸に行ったの。お母さんたちは、ほんの少しだけ波打ち際で遊ばせてあげればいいくらいの気持ちだったんだけど、わたしがちょっと目を離したすきに、拓也一人だけ海の中に入って行っちゃって、波にさらわれちゃったの。慌てたお父さんがすぐに助けに行ってくれたから大事には至らなかったけど、それでも拓也は水をたっぷり飲んじゃって、そのまま地元の病院に運ばれて、一晩泊る羽目になったのよ」

「え？　そんなこと、あったんだ」

「そうよ。あの後、お父さんひどい風邪をひいちゃって、本当に大変だったんだから」

「……」

「ん？　どうしたの？　拓也。急に黙りこくっちゃって」

「え？　いや。全然知らなかったものだから……」

母の話を聞いて、拓也は今すぐにでも父にわびたい気持ちでいっぱいだった。自分のために、そこまでしてくれる父に対して、自分はなんと冷たい態度をとってしまったことだろう。現に今だって、父はこんな自分のために、由来も何もわからない石を探しに行ってくれている。自分にとっては大切な石でも、他の人にとってはたかが石のことなのだ。それを父は、理由も訊かずに探しに行ってくれた。そうなのだ。父はいつも、自分より家族のことを優先する人だった。

　以前、妹のまゆが高熱を出した時も、父が妹をおんぶして真夜中の病院へ走ったのだ。母が子宮筋腫の手術で二週間入院した時も、父は慣れない手つきで家族の食事の支度をし、仕事から戻ると、家じゅうの掃除や洗濯をしと、内心相当しんどかったと思うのだが、泣き言一つ言わなかった。いつも自分より家族を一番に考えてきてくれた父。そんな父が、今回初めて本当に自分のやりたいことを見つけたというのだ。息子としては、まず何より喜んで協力すべきではないのか？　仮にしばらくの間、父に会えなくなったとしても、それがいったいなんだ。もし、どうしても会いたくなったら、自分からマラウイに出向いて行けばいいのだ。そうだ。それもまた楽しみの一つと考えれば、なんのことはないではないか。そう考えると、今まで父に反発していた自分が、あまりにも子どもっぽく思えて、拓也は自分で自分が情けなくなった。父が戻ってきたら、今度こそマラウイ行きに賛成だと言ってあげよう、そう思いながら、拓也はいつの間にか眠りに落ちていた。

　次に拓也が目覚めた時、辺りには人の気配もなく、時計を見るとすでに午後八時を回っていた。どうやら母は家族の食事の支度をするために、すでに家に帰った後らしい。しんとした病室の中で天井を見つめ、一人父のことに思いをはせていると、不意に病室の扉が開いた。

父だった。父は相当急いできたらしく、肩で息を切らせている。

「父さん、だいじょうぶ？　もしかして走って来たの？」

「うん」

「それで、石は見つかったの？」

「いいや。けど、お前が自転車とぶつかった事故現場近くの側溝に、こんなものが落ちていたんだ」

と、父が差し出した右手には、いったい何に使うのだろう？　刃の部分が石で作られた斧のようなものが握られている。

「え？　なにこれ？」

「うーん。どうやら斧のようにも見えるけど、それにしても、前時代的というか、少なくとも、その辺のホームセンターに売っているものとは違うよな」

「けど、なんでこんなものが側溝の中に？」

「たまたま一カ所だけふたのズレている場所があって、おかしいなと思ってのぞき込んだら、それがあったんだ」

「でもこれ、側溝の中に落ちていたんだろ？　交番に届けなくていいのかな？」

「そうだなあ。交番でもいいけど、実は父さん、これ歴史博物館に持って行って、調べてもらおうかと思っているんだ」

「歴史博物館？　そうか。やっぱりこれ、どう見ても現代のものじゃないもんね」

「うん。おそらくな」


翌日の午前中、父が迎えに来てくれて退院した拓也は、自宅のリビングに置かれたテレビ台の上に、例の石斧が置いてあるのを目にして、不思議な気持ちがした。

「父さん、あの石斧、いつ持って行くつもりなの？」父に尋ねると、

「今日中には行ってこようかと思っているんだけど、そうだ！　拓也も一緒に行くか？」

「え？　べ、別にいいけど」

父と息子はその日、拾った石斧を持って、自宅から十キロほどのところにある市立歴史博物館へと向かった。

「よく調べてみないとはっきりとしたことはわかりませんが、この形状から判断すると、

もしかしたら旧石器時代の石斧かもしれません」

　対応してくれた博物館の職員がそう言った。

「旧石器時代ですか？」

　この答えには父も拓也も驚き、目を丸くした。

「いったいこれを、どこで発見されたんですか？」

「自宅から一キロほど離れた路上の側溝の中です」

　博物館の職員の質問に、父が答えた。

「側溝の中ですか？　それはずいぶん珍しいこともあるもんですね。住宅やマンションなどの建築の際、土を掘り返していたら遺跡の一部が出てきたなんて話は時折あるんですが、側溝の中から発見されたとは驚きです」

「わたしもこれを発見した時は驚きました。まさか、自分の身近な場所にこんなものが落ちているとは思いませんから」

「とにかく、これはしばらくの間、こちらで預からせてください。もしかしたら、日本の歴史を変える大変な発見になるかもしれません」

　博物館の職員の発言に、父と拓也の二人は思わず顔を見合わせた。

博物館を出ると、いつの間に降り始めたのだろう、細かい雨が降っている。二人は、父が念のためと持っていた一本の折り畳み傘に、並んで入ることになった。

「なんだ拓也、いつの間にお父さんを追い越したんだ？」

父は、横に並んだ拓也の肩が、自分より高い位置にあるのを見てそう言った。

「いつの間に？　さあ、いつだろう？　おれも気づかなかった。それより父さん、その傘おれが持つよ」

拓也は、父が腕を目いっぱい伸ばして傘を持つ姿を見て、そう言った。

「そうか？　しかし、なんだか妙な気持ちだなあ。こうやって、息子に傘をさしてもらうなんて」

「ほら、よく言うじゃん？　老いては子に従えって」

「老いて……か、確かに、お父さんももう若くないからな」

「そうだよ。父さんはもう若くない。何かを始めるのなら、もう先へは延ばせない。だから、やっぱり行ってきたら？」

「え？　行くって、どこへ？」

「どこって……その……マラウイだよ」

「え？　いいのか？」

「うん。だって、おれたちが大学卒業するのを待ってたら、本当のおじいちゃんになっちゃうだろ？　そうなったら、たとえ現地に行ったって、足手まといになるばかりだろうからさ」

「拓也、おじいちゃんはいくら何でも傷つくぞ。けど、本当にいいのか？」

「うん。もしかしたら、おれも将来日本に飽きたら行きたくなるかもしれないし、マラウイ」

「うん。ぜったい来いよ。お父さん、歓迎するぞ」

父はこれ以上ないというくらいの嬉しそうな笑顔でそう言った。そして、その笑顔を見た拓也は心の中で誓った。将来、必ず一度はマラウイの地を訪れよう。父がいるうちにと。

六　時をかける少年

翌日、拓也が二日ぶりに学校へ行くと、教室に入るなりみゆきが声を掛けてきた。

「おはよう。たむちん。事故に遭ったって聞いたから、心配したけど、なんだ、意外と元気そうじゃん」

「うん。事故っていっても、自転車の事故だから。もうすっかり元気だよ」

「よかった。本当言うと、心配してたんだ。もしかしたら、例の石の呪いのせいじゃないかって」

「みゆき、まだそんなこと言ってるの？」

「だって……たむちんが休んでいる間に、わたしにもちょっと怖いことがあったし」

「え？　何？　怖いことって。何があった？」

「うん。実はおととい、わたしが学校の図書館で夕方六時ごろまで勉強して、帰ろうと思って校門のところまで来たら、例の桜の樹の根元に誰かがいるの」

「誰かって、誰だよ？」

「あたりが暗くて、あまりはっきりとは見えなかったんだけど、その人、どうやら桜の樹の根元を掘り返してるみたいなの。夜の学校で、桜の樹の根元を掘るなんて、どう考えても普通じゃないでしょ？」

「うん。まあな。おれはこの間、やったけどな」

「たむちんは、そもそも普通じゃないから」

「なんだよそれ」みゆきの発言に、むっとした調子で拓也が返した。

「まあ、聞いて。まだ続きがあるの」

「……うん。で？」

「内心気味が悪いとは思ったんだけど、例の桜の樹のことだし、わたし、成り行きをじっと見守ってたの。そしたら突然、その人がこっちを振り返ったの。それが、驚いたことに子ども」

「え？　子ども？」

「そう」

「あれで、いくつぐらいだろう？　背は決して大きくなかったし、体つきも、せいぜい小学校高学年くらいかなあ？　しかも、服装がまた変わっていて、なんだか動物の毛皮かなんかで作られているようにも見えたけど」

「子どもで、動物の毛皮……動物愛護団体からクレームが来そうだなあ」

「冗談言ってる場合じゃないのよ。その子、わたしのことをじーっと鋭い目つきで見ていて、こっちはけっこう怖かったんだから」

「それで、そのあとは？　みゆき、その子と話さなかったの？」

「うん。あんまりこっちを見ているから、わたしが『何か用？』って話しかけたら、意味のわからない言葉を発して、そのままどこかへ消えちゃった」

「意味のわからない言葉？　ってことは、その子、もしかして外国人ってこと？」

「そうねえ。その可能性がないとはいえないわね」

とそこで、ちょうど始業のチャイムが鳴ったので、二人の会話は中断となった。

意味のわからない言葉を話す、動物の毛皮を着た目つきの鋭い子どもって、いったい何者なんだろう？　しかも、その子どもがあの桜の樹の根元を掘って、いったい何をしようとしていたんだろう？

一時間目の数学の授業中、ずっとそのことに思いを巡らせていた拓也は、自分が指名されていることに、少しも気づいていなかった。

「田村、おい、田村拓也、聞いてるのか？」

「え？　あ、はい。聞いていませんでした」数学の田淵先生の問いかけに、つい正直に答えてしまった拓也を、先生はあきれたような目で見た。

「ばかもの。そんなに堂々と聞いてなかったというやつがあるか？　さては田村、おととい の事故で、頭でも打ったか？」

「はい。そうかもしれません」

「仕方ないな。じゃ代わりに藤村、二十三ページの問一、解いてみろ」

「はい」

田淵先生に指名されて黒板のほうへ向かう藤村唯人の背中を見つめながら、拓也は授業とはまったく別のことを考えていた。

そう言えば二日前、自分が事故に遭った直後、薄れていく意識の中で、誰かの姿を見たような気がする。背が小さくて、髪がぼさぼさで、あまり見慣れないような服装をしていたような……よく考えたら、あれは子どもだったのかも。そうだ。子どもだ。もしかしたら、みゆきが目撃したという子どもと、おれが見た子ども、同一人物かもしれない。ってことは……。

「そうか！」大きな声で叫んで、突然立ち上がった拓也を、その時教室にいた全員が注目した。

「なんだ田村、問三の答えでも解けたのか？」田淵先生が言った。

「え？　あ、違います」

「お前なあ……」

「あ、すみません。ちょっとトイレ」拓也はそう言うと、もはや教室の出口へと向かっていた。

「え？　どうした、田村。なんか悪いものでも食ったのか？」

ものすごい勢いで教室を出て行こうとする拓也を見て、田淵先生がそう声を掛けたが、拓也からの返事はなかった。見ると、彼の姿はもはや廊下のかなたに消えかかっていた。


それからおよそ三分後、拓也の姿は校門の脇の桜の樹の根元にあった。授業中にもかかわらず、彼がここにやってきたのは、あることを確かめるためだった。

「やっぱり」

五日前、自分が掘り返し、埋め戻した穴が、再びほじくり返されたようになっているのを見て、拓也は独りつぶやいた。もし自分の推理が正しければ、ここにあの石が埋まっているはずだ。そう考えた拓也は、まだ掘り跡の新しい地面を素手で掘り返し始めた。掘り返されたばかりの土は柔らかく、素手でもどんどん掘り進めることができたが、五十センチほどの深さまで掘り進めたところで、ふと手を止めた。なんとなく、背後に人の気配を感じたからだ。さては、職員室に残っていた先生の誰かにでも見とがめられたか。そう思い、恐る恐る振り返って見たが、誰もいない。

「気のせいか」

再び土に手を掛けようとして、手を止めた。今度こそ、人影が揺れるのがはっきりと見えたからだ。「誰かいるの?」その声に応えるように、拓也の耳に、何者かが地面を蹴って走り去る音が聞こえた。しかし、拓也が足音のしたほうに目をやっても、姿を確認することはできなかった。

今の人影は、もしかして、おととい、みゆきが見たという子ども? おれがこの場所にいるのを見て、ふたたび石が持ち去られるのではないかと心配して来たんだろうか?

足音が消え去った後、拓也は再び土を掘り返そうとして、ふと手を止めた。もし、みゆきの見た子どもがあの石のもともとの持ち主だとして、その子が石を土の中に返してくれていたのだとしたら、それが一番いい形なのだ。今さら、自分が掘り返してガタガタするより、そっとしておいてあげたほうがいい、そう考えたからだ。拓也はここまで掘り返してきた土を元の通りに戻すと、立ち上がって、いまだ授業の行われている校舎のほうへ戻っていった。

その日の放課後、拓也は以前からのみゆきとの約束を果たすため、二人で高校の近くにある大衆食堂まんてんへと向かった。夕方五時過ぎのまんてんは、拓也と同じように腹をすかせた高校生たちでいっぱいだった。二人は決して広いとは言えない店の中で立ったまま十分ほど待って、ようやくカウンターに空席を見つけると、肩を寄せ合うようにして腰を掛けた。

「たむちん、本当にチャーシュー麺頼んでいいの？」

「ああ」

「やった！　おじさん、チャーシュー麺一つ」

嬉々として注文するみゆきの横顔を見ながら、拓也は安どのため息を漏らしていた。

「たむちんったら、どうしたの？　さっきからなんだか嬉しそうだけど」

「ねえ、みゆき。みゆきはタイムトラベルって信じる？」

「いきなりどうしたの？」

「いや。実はさっき、おれも会ったんだよ」

「会ったって、いったい誰に？」

「おととい、みゆきが見たっていう子ども」

「本当？」

「ああ。姿こそ見えなかったけど、あれはたぶん、そうだと思う」

「いったいいつ？　どこで？」

ここで拓也はようやく、みゆきに今朝自分が遭遇した出来事について打ち明けた。

「そうだったの？　それならそうと、なんで早く言ってくれなかったの？」

憮然とした様子でそう言うみゆきに、拓也が返した。

「だって、学校で言ったら、おれが授業をさぼってたことが、みんなにばれちゃうじゃん」

「そっか……で、タイムトラベルってどういうこと？」

「これは、あくまでもおれの推測なんだけど、みゆきとおれが出会った子、あの子は例の石を取り戻すため、古代から時空を超えてやってきたんじゃないかと……」

「ちょ、ちょっと待って。話が壮大過ぎて、頭が追い付いていってないんだけど」

「いや。信じてもらえないのも仕方がないと思う。けど、そうとしか考えられないんだ」

「……」

「おれの言ってること、そんなにおかしいか？」急に黙り込んだみゆきを見て、拓也が言った。

「ううん。そうじゃない。そうじゃないけど、とりあえず、ラーメン食べてからにしない？　話をするのは」

そのみゆきの言葉で、拓也はようやく自分の前にラーメンが運ばれてきていることに気づいた。

「正直、わたしはありえない話じゃないと思うよ」湯気の上がるチャーシュー麺を箸で持ち上げながら、みゆきが言った。

「え？　本当？　みゆきもそう思う？」

「うん。たぶんあの石、あの子にとってすごく大切なものだったんだね。それこそ、古代から時空を超えて、現代までやってきたくなるくらい」

「そうなんだろうな」みゆきの言葉にうなずきながら、拓也はふと考えた。はたして自分には、それほど大切なものって何かあるだろうか？

「ねえ、みゆき」

「ん？」

「みゆきにも何かある？　それほどまでに大切にしたい何か」

「そうだなあ……しいて言うなら、やっぱり家族かなあ」

みゆきはラーメンに乗った分厚いチャーシューを、口いっぱいに頬張りながら答えた。

「そっか。やっぱ家族か」

「あ、それともう一つ」みゆきが思い出したようにそう言った。

「え？　何？　もう一つって」

「へへへ……こんな風に、おいしいチャーシュー麺をごちそうしてくれる友達」

「なんだ。現金な奴だなあ」拓也は呆れ果てたようにそう言ったが、みゆきの存在が自分にとっていかに大切かということに、本当は彼自身、うすうす気づいてもいたのだ。

七　母の逆襲

拓也はその晩、久しぶりに穏やかな気持ちで過ごしていた。心配していた石のことも、どうやら元の持ち主の手によって、桜の樹の根元に戻されたようだし、父へのわだかまりも解消された。みゆきと別れた後、鼻歌混じりで家路についた拓也は、自宅の玄関前に父が立っているのを見て、手を振りながら声を掛けた。

「父さん、ただいま！　どうしたの？　これからどこかへ出かけるの？」

「いや。そうじゃない。出て行ったのはお母さんのほうだ」

「え？　どういうこと？」

「お母さんが家出した。ことによると、もう戻ってこないかもしれない」父は抑揚のない声でそう言った。

拓也はその時初めて知った。人はあまりにも強いショックを受けると、感情さえも停止してしまうものなのだと。

「ちょっと待って。いったいぜんたいなんでそんなことになったの？」事情がまったく呑み込めない拓也が、父に尋ねた。

「お父さんがいけないんだ。お母さんに、マラウイ行きのこと、子どもたちも賛成してくれたぞなんて言っちゃったから」

「そっか。おれ、てっきり母さんはだいじょうぶって思い込んでたから、母さんに話してなかったんだよね。うかつだった……。それで父さん、あとを追いかけなかったの？」拓也が尋ねると、

「すぐに追いかけようとしたさ。けど、どうして自分から出て行く予定のあなたに、引き留められなきゃいけないの？　って言われて、それ以上何も言えなかった」

父の答えに、拓也も何も言えなくなってしまった。

「まゆは知ってるの？　このこと」拓也が父に問うと、

「いいや。まゆは塾からまだ帰ってきてないから、何も知らない」と父。

「母さんの行きそうなところって言ったら……」

「たぶん、真知子さんのところじゃないかと思うけど」

「真知子おばちゃんのところには電話した？」

「いいや。おそらく、お父さんが電話しても出てくれないと思う。真知子さんはいつもお

母さんの味方だから」

「わかった。おれが電話する」拓也はそう言うなり、自分のスマホで真知子おばのところへ電話を掛け始めた。真知子おばは母の姉で、三姉妹の長女にあたる。母の家は長女の真知子を筆頭に、次女の洋子、そして拓也の母である末っ子の明子の三姉妹で、真知子と明子の年齢は十歳以上離れている。それだけに、昔から真知子は明子のことを特別に可愛がり、明子が父と結婚してからも、何かあれば真知子のところへ逃げ込むという構図が出来上がっていたのだ。

「高倉でございます」

拓也が電話を掛けると、母とよく似た高い声の真知子が、電話口で応えた。

「真知子おばちゃん？　おれだよ。拓也だよ」

「あら拓也！　久しぶりねえ。どう？　学校のほうは」

「うん。まあね。ぼちぼちってとこかな？」

「それにしても珍しいわねえ。拓也が電話をしてくるなんて。もしかして、家で何かあった？」

真知子の口調から、母が高倉家には行っていないということが、拓也にはすぐにわかった。彼が父のほうに向かって首を横に振って見せると、父はよほどがっかりしたのか、大きなため息を一つついた。

「え？　べ、べつに、何かあったって訳じゃないんだけど、ほら、最近真知子おばちゃんの声聞いていなかったから、どうしてるかなって思って」

「なあに、それ？　拓也がそんなこと言い出すなんて、なんか怪しいなあ。ねえ、絶対何かあったでしょ？　いったい何があったの？　え？　もしかして明子に関すること？」

「ち、違うよ。母さんは関係ないよ」

「ふーん。じゃあ、ちょっと明子と代わってくれる？」

「あ、今、ちょっと買い物に出ていて、留守なんだ」

「買い物って、こんな遅い時間に？」

「うん。なんか、明日の朝のパン、買い忘れたらしい」

「ふーん。あくまでしらを切るつもりね。わかったわ。明子の携帯に直接電話してみる」

拓也が止める間もなく、真知子おばの電話はすでに切られていた。

「真知子おばちゃんのところにいないとなると、あとはどこだろう？」

「洋子さんのところはお姑さんがいるから、可能性は低いよな……」

拓也の問いに、父は暗い顔でそう答えた。

その後、一時間ほどして帰宅したまゆに拓也が事情を話すと、「わたしが、お母さんの携帯にかけてみる」と言う。父も拓也もまゆに一縷《いちる》の望みを託して見守ったが、結局、まゆが電話しても母の携帯は留守電になるばかりで、直接話をすることはできなかった。

父と拓也とまゆの三人は、コンビニで買ってきた弁当を言葉少なにかきこむと、早々にそれぞれの部屋へ引き取った。

拓也は自分の部屋に入るなり、頭を抱えてベッドに座り込んだ。わずか数時間ほど前、みゆきと、一番大切なものは家族だという会話を交わしたばかりだったのに、自分が母の気持ちを少しも考えていなかったことに気づいて、愕然としていた。てっきり、母は父がいなくてもだいじょうぶなものと決めつけていたのだ。しかし今回の父のマラウイ行きの件で、一番傷ついていたのは実は母だったかもしれない。そんなこともわからず、自分一人傷ついたつもりになっていたことに、拓也は腹が立ってならなかった。

翌日は土曜日だった。昨夜、母のことを考えてなかなか眠りに就けなかった拓也は、久しぶりに朝寝坊をした。カーテンの隙間からもれる明かりで目が覚めると、階下で何かガタガタと物音がしている。ハッとして飛び起きると、慌てて階段を駆け下りた。もしや、母が帰ってきたのではと思ったのだ。しかし、にぎやかな音を立てていたのは母ではなく、父のほうだった。父が一人で何やら台所で格闘をしている。

「父さん、朝っぱらからいったい何やっているんだよ？」拓也の問いに、

「何って、見ての通り。朝食を作っているんだ」父は危なっかしい手つきでキャベツを刻みながらそう答えた。

「朝食なら、おれが作るよ。第一父さん、ふだん料理なんか全然しないだろ？」

「いや。以前、母さんが入院した時にはやったぞ」

「そんな昔のこと。いいって。あぶなっかしくって見てられないよ。ほら、貸して」

拓也から包丁を奪われてしまった父は、不満げな面持ちで、今度は食卓の準備を始めたが、じきにガッチャーンと派手な音を立てて、皿を壊してしまった。

「父さんはいいから座っていて」

「ごめん」

拓也は父の一言には応えず、無言で割れた皿の掃除を始めた。本当は父に何か声をかけるべきなのはわかっていた。しかし、拓也自身、そこまでの心の余裕がなかったのだ。

「なあ拓也、お父さん、やっぱりマラウイに行くの、やめようかな」

黙々と皿を片付ける拓也の背中に向けて、父がポツリと言った。

「今さら何言ってるんだよ？　マラウイで活動をするのは、父さんにとって、人生最後の目標みたいなものなんだろ？　そう簡単にあきらめないでくれよ」

「もちろんそうだけど、お母さんの気持ちを踏みにじってまで、そうしたいとは思わないよ」

父の言葉が終わるか終わらないかに、突然、電話が鳴り出した。

「きっとお母さんからだ！」

父は慌てて電話のところへ行くと、意を決したように受話器を取った。

「もしもし？」

電話の相手は本当に母なのか？　父は真剣に相手の話に聞き入っているようである。

「はい。わかりました。ありがとうございました」父は最後にそう言って、受話器を置いた。

「この間行った、歴史博物館からだった」父は拍子抜けした様子でそう言った。

「例の石斧のことで、何かわかったの？」

「うん。あれ、やっぱり相当に古い時代のものらしい」

「古いって言うと、どれくらい？」

「旧石器時代とか、そのくらい前にさかのぼるらしい。詳しいことは、もう少し時間をかけて調べないとわからないらしいけど、とにかく相当に古いもので、考古学的価値が高いって」

「考古学的価値？」

「まあ、とにかくあの石斧はすごいってことさ」

「そうなの？」

「それにしても不思議だよな。なんだってあんなところに落ちていたんだろう？　まるで、古代人の忘れ物みたいだ」

「やっぱり父さんもそう思う？」父の言葉を受けて、拓也がすかさず言った。

「え？　いきなりどうした？　やっぱりって、どういうことだ？」

父に尋ねられ、拓也は、みゆきと自分が学校の桜の樹の根元で出会った少年の話を披露した。

「へえ。そんなことがあったんだ。それで、お前はその少年が本当に古代からやってきたって思っているのか？」

「自分が突拍子もないことを言っているのはわかっているよ。けど、そうとしか思えないんだ。きっと、おれが桜の根元から掘り出したあの石を、何としても取り返したかったんじゃないかな」

「うむ。たしかにそう考えれば、石斧があの場所に落ちていたことともつじつまが合うな。要するに、あの石斧は、古代から石を取り戻しにきた少年の忘れ物ってことだな？」

「うん」

「ただ、どうやらあの石斧は今後、県の所有物ってことになるらしいよ」

「そうなの？」

「うん。ああいう物っていうのは、所有者が特定できない限り、基本的には、それが発見された都道府県の所有になるっていう決まりらしい」

「そっか。石斧は本来ならあの少年に返してやりたいけど、まさか、少年を呼び出すわけにも行かないだろうし、仕方がないのかなあ……。それより父さん、母さんのことはどうするつもりなの？」

「そのことなんだが、お父さん、ちょっと思いあたることがあるんだ」

「それって、母さんの居場所についてってこと？」

「うん」

「じゃ、すぐに行ってこなくちゃ」

「うん。すまんが、二、三日は戻れんかもしれん」

「え？　二、三日って……父さん、いったいどこへ行こうとしてるの？」

「お母さんとの思い出の地」

父は拓也にそう言い残すと、すぐに荷造りを始めた。

「ちょっと父さん、行き先ぐらい教えて行ってよ」

すぐにでも玄関のドアを押して、出て行ってしまいそうな父の背中に向けて拓也が言った。

「北海道」

「北海道！」

「それじゃ、あと頼んだぞ」

呆然とする拓也をその場に一人残し、父はさっそうと旅立って行った。

「それじゃ、お父さんはお母さんを探すために、一人で北海道へ行ったって言うの？」

一時間ほどして、寝ぐせのついた髪のまま、ようやく起き出してきたまゆに拓也が事情を説明すると、まゆは目を丸くしながら尋ねた。

「うん。なんでも、母さんとの思い出の地らしいよ」

「けど、お母さんがそこにいるって保証、全然ないんでしょ？」

「うん。でも、そのわりには自信ありげだったけどね、父さん」

「あっきれた！　わざわざ飛行機代をかけて北海道まで行って、見つからなかったらどうする気なんだろう」

「まあ、そう言うなって。父さんだって必死なんだよ」

「おかげでこっちは、とんだとばっちりだわ」

「でも父さん、一万円置いていってくれたから、今夜はこれで何か頼もう」

「なんだ。それならそうと早く言ってくれたらいいのに。それで、何頼む？」

相変わらずの妹の変わり身の早さに、内心あきれ返りながら、拓也はそれでもほっとしていた。少なくとも、自分一人で待つのではない。こんな時、もし自分一人だったら、やはり相当に心細かっただろう。それが拓也の本音だった。

その日は一日父からの電話を待ちながらじりじりとして過ごすうち、あっという間に夜になった。まゆの希望で配達を頼んだラージサイズのピザも二人では持て余し、結局、残りは翌日の朝食にとっておこうという話になった。

「ねえお兄ちゃん、この家ってこんなに広かったっけ？」夕食の後片づけをしながら、まゆがポツリと言い出した。

「確かに、父さんと母さんがいないだけで、ずいぶんと広く感じられるもんだな」

「お母さん、今ごろどうしてるんだろう？　やっぱり一人でいるのかなあ？」

「さあ？　どうだろうなあ？」

「わたしたちがいなくて、寂しくないのかしら？」

「今までさんざん一緒にいたから、たまには一人になりたいんじゃないか？」

「ふーん。そんなもんかしら？」拓也の答えに、まゆは少々不満げにそう返した。

「なんだ、まゆ。お前、母さんがいなくて寂しいのか？」

「べ、別にそういうわけじゃないけど……あ！　お兄ちゃん、わたしやらなきゃいけない宿題があるの、忘れてた。ごめん！　あとお願い」

　まゆはそう言うと、拭きかけていた皿をその場に残し、さっさと二階へ引き上げて行ってしまった。

「なんだ、まゆの奴」一人その場に残された拓也は、妹の背中に向かってそう文句を言いながらも、怒る気にはなれなかった。なんとなく、妹の寂しさがわかったからだ。そして、片づけを終えると、自分も二階の自室へと引き上げて行った。

それにしても、昨日から今朝に掛けて、なんと目まぐるしい二日間だったことだろう。謎の少年の件に始まり、母の家出、それに父の北海道行きと、あまりにも多くのことがあり過ぎて、いまだに頭の中の整理が追い付いていない。

自室のベッドに横たわりながら、そんなことを考え続けていた拓也は、その晩なかなか眠りにつくことができなかった。何度も寝返りを繰り返しているうち、ようやくうとうとしたと思ったら、突然なんともいえない胸苦しさに襲われた。

「く、苦しい……」

あまりの苦しさに、拓也は思わず目を開けた。すると、何ということだろう、自分のすぐ目の前に、二つの光る瞳のようなものが見える。大声で叫ぼうとしたが、人間、あまりにも恐怖心が強いと、声さえも失われるらしい。叫んだつもりが、ヒューッと、風を切るような情けない音しか出ない。そのうえ、胸苦しさは時間がたつほどに徐々に増すようで、息をするのもやっと、という状態になってきた。もしかして、これが金縛りってやつなんだろうか？　激しい恐怖と息苦しさで、脇の下にじっとり汗がにじむのを覚えたが、何しろ汗を拭こうにも、少しも身動きが取れないのだ。

しかし、そのままじっとベッドの上に横たわっているうちに、次第に暗闇に目が慣れてきた。そして慣れるにしたがって、拓也の目は自分の胸の上に馬乗りになっている何者かの姿を捉えた。暗くて、表情こそよく見えないが、闇の中でも光る鋭い視線が、拓也のことを射るように見つめている。

「だ、誰？」

拓也は振り絞るようにして、ようやく声を発したが、胸の上の人物は微動だにしない。この時、拓也の恐怖は頂点に達していた。なんとかして、胸の上にいる人物を追い払おうと、必死にもがいたが、彼の腕は虚しく空を切るばかり。しかも、脚にいたっては、動かすことさえできない。

「何が望みなの？　うちには金目のものはほとんどないよ」

拓也が何を言っても、相手は一言も答えない。こういう場合、要求を示さない相手ほど恐ろしいものはない。拓也はいったいどうしたらこの絶体絶命の状態から逃れられるのか、必死に考え続けた。せめて、隣の部屋で寝ているまゆが気づいてくれたら……。

「まゆ！　助けてくれ！　おれの部屋に誰かいる」

拓也は全身全霊の力をこめて叫んだ。その声に、ようやく隣の部屋で眠っている妹のまゆも気づいたらしい。

「ちょっとお兄ちゃん！　何寝ぼけてるの？　うるさくって、眠れないんだけど」

まゆが拓也の部屋のドアをノックしながらそう言った。すると、先ほどまで重苦しくって仕方がなかった拓也の胸が突然すっと軽くなった。そして、それと同時に、彼のほうをじっと見下ろしていた怪しい人物の姿も、まるで魔法のように消え失せていた。

「え？　嘘だろ？　どこへ行ったんだ？」

思わずつぶやくと、

「お兄ちゃんたら、もういい加減にしてよ」

ドアの外から再びまゆが怒鳴った。けれどそれっきり、怪しい影は消え失せ、再び拓也の前に現れることはなかった。

「ふーん。それでたむちんはやっぱり、その人影が夢や幻じゃなく、現実のものだって思ってるの？」

月曜日、学校でみゆきに、自分の胸の上に乗っていた怪しい人物の話をすると、彼女は真剣な表情で拓也に尋ねた。もしかしたら、信じてもらえない可能性もあるだろうと思っていた拓也は、内心ほっとした。

「うん。だって、あんなにリアルな夢ってあるかな？　おれ、いまだに自分の胸の上に感じた重みを覚えてるよ」

「それで、その人物って、どんな感じだった？　男？　女？　年齢は？　身体の特徴は？」

「いや。暗闇の中だったからあまりよくわからないけど、小柄で、男……うん。やっぱり男だと思う」

「小柄で男……ねえ。それ、もしかしたら子どもじゃない？」

「子ども？　うーん、そう言われたらそんな気もするけど……」

「たむちん、それ、ひょっとすると、この間わたしが出会った子と同じ子なんじゃないかな？」

「どういうこと？」

「ほら、先週、わたしが桜の樹のところで出会った少年」

みゆきにそう言われたら、確かにそんな気がしてきた。みゆきの推理が正しければ、少年はおれのところに、失くした石斧を取り返しにきたってことか？　もしそうとわかっていれば、石斧は歴史博物館にあるって教えてやったのに……。

拓也は知らず知らずのうちに、少年に味方してやりたい気持ちになっている自分に気づき、ふと笑みを漏らした。

夕方、拓也が学校から帰宅すると、玄関に見覚えのない婦人物のパンプスが置いてある。いったい誰だろうと思いながら靴を脱いでいると、

「拓也かい？　お帰り」

キッチンのほうから顔を出したのは、母の姉の真知子おばだった。

「真知子おばちゃん、急にどうしたの？」

「明子に頼まれたの。あんたたちが飢え死にしないよう、時々食事の面倒見てくれって」

「お兄ちゃん、お帰り。真知子おばちゃんのお土産のプリンあるよ」

まゆが左手にプリンのカップ、右手にスプーンを持ちながら、キッチンから顔を出した。

「これ、まゆ！　お行儀の悪い。ちゃんと腰かけて食べなさい」

「はーい」

真知子おばの叱責に、まゆは舌を出しながら答えた。

「お母さん、今回はしばらく帰らないつもりらしいわよ。その代わり、わたしにあんたたちの世話を頼んだってわけ」

いまだ事態がちゃんと呑み込めていない様子の拓也に、真知子が言った。

「それで母さん、今どこにいるの？」と拓也が尋ねると、

「北海道」真知子は即座に答えた。

「やっぱり」

「やっぱりって、拓也、あんたなんで知ってるの？」

「父さんが言ってたから。北海道に行くって」

「え？　優《まさる》さんが？」

拓也は内心、父に対して称賛の拍手を送っていた。父はやはり、母のことをしっかり見ていたのだ。だいじょうぶ。父はきっと母を連れて帰ってくる。

しかし、拓也の予想に反して、その日も父からの連絡は、待てど暮らせど来なかった。

「やっぱり父さん、母さんに会えなかったのかなあ……」ため息交じりにそう言う拓也に、

「もしかして、会うには会えたけど、お母さんに拒絶されたとか？」まゆが返した。

「まゆ、お前、母さんに帰ってきてほしくないのかよ？」

「そりゃもちろん、帰ってきてほしいわよ。でも、今回のことでは、お母さんも相当に傷ついたのよ。いわば今回の家出は、お母さんの、お父さんに対する逆襲だと思うの」

「逆襲？」

「そう」

不穏な言い方だが、たしかにまゆの言い分にも一理ある。

「ねえ、お兄ちゃん」

「ん？」

「もし、このままお母さんが戻ってこなくて、お父さんもマラウイに行っちゃうってことになったら、わたしたち、どうなるの？」不安そうな面持ちで、まゆが尋ねた。

「もしそんなことになったら……。おれたち二人で、この家で頑張るしかないか」

「ええっ？　嘘でしょ？　お兄ちゃんとわたしと二人だけで、ここで暮らすの？　いや。無理だわ」まゆは即座に断言した。

「おれだって、そんなの嫌だよ。けど、仕方ないだろ？　父さんの夢を実現させてあげるには、それしか方法がないんだから」

「なんでお父さんの夢のために、わたしたちがそこまで犠牲にならなきゃならないの？　わたしは嫌よ」

「けど、まゆだって、この間まで父さんの夢を応援するって言ってたじゃないか？」

「そうだけど、もしお母さんまでいないとなると、こっちにまで相当な影響が及んでくるわけでしょ？　だいたい、ご飯作ったり、掃除したり、洗濯したりっていう家のことは、いったい誰がするの？」

「それは、二人で手分けしてやるしかないだろう」

「手分けって言われても、自慢じゃないけど、わたしは家庭科の成績も「2」だし、料理も掃除もぜんぜんダメだよ」

「お前、そんなんじゃ嫁にいけないぞ。少しは練習しておけよ」

「いいもん。料理も洗濯も掃除も、ぜんぶやってくれる人のところに嫁に行くから」

「そんな都合のいい相手いるか！」妹の身勝手な発言に、拓也もさすがにあきれ果てた。

「二人とも、何けんかしているの？」そこへ、ちょうど台所から戻ってきた真知子おばが割って入った。

「いや。別にけんかしているわけじゃないんだけど……」戸惑うように返す拓也に、

「今回のことは、二人にとっても自立するいいチャンスなんじゃない？　まあ、せいぜい頑張りなさいよ」真知子おばは、拓也とまゆにそうはっぱをかけると、今度は自身の家族の食事の支度をするために練馬にある自宅へと帰っていった。

真知子おばが帰ってしまうと、拓也もまゆもまるで拍子抜けしたかのように静かになった。二人はおばが折角作ってくれたオムライスもかき込むように食べ終えると、片付けも早々にそれぞれの自室へと引き上げた。

部屋へ戻ると、拓也は数学の宿題を片付けるために教科書を開いた。しかし、そうしていても、意識はどうしても電話のほうへ向かってしまう。その晩、拓也はいつまで経っても鳴らない電話にいらだちを深め、ほとんどまんじりともせずに朝を迎えた。

八　愛と犠牲と

　気が付くと、外がぼんやりと明るくなっている。時計を見ると、まだ五時半を少し回ったばかりだ。夕べほとんど眠っていないせいで、身体がだるい。本来なら、もう少しベッドの中でぐずぐずしていたいところだが、今朝は、いつも朝食を作ってくれる母もいない。拓也は重たい身体を無理やり布団から引きはがし、なんとかベッドの下に降り立った。顔を洗うために、階段を降りて洗面所へ向かうと、すでに先客がいた。

「お兄ちゃん、おはよう」

「なんだ、まゆ。もう起きてたのか？」

「うん。なんだか夕べ、あんまり眠れなくて、気が付いたら朝だった」

「え？　お前も？」拓也は内心驚いていた。いつも自分勝手な妹に、そんな繊細なところがあるとは夢にも思わなかったのだ。

「夕べも結局、お父さんからの電話なかったね」まゆがポツリと言った。

「うん」

「お父さん、だいじょうぶかなあ？」

「え？　だいじょうぶって、どういうこと？」

「お母さんが見つからなくて、絶望のあまり変なこと考えたりしないよね？」まゆが心配そうに兄の顔を見上げた。

「ちょ、脅かすなよ」

「脅かすつもりはないいんだけど……」

いつになく元気のない妹の顔を見て、拓也の不安は募るばかりだった。

焼きすぎて、黄身がすっかり固くなった目玉焼きを箸の先でつつきながら、拓也もまゆもほとんど口を利かない。味もそっけもない朝食を終えようとしていたその時、ようやく待ちわびた電話が鳴った。

「お父さんからだ！」二人同時に席を立ったが、先に電話に飛びついたのはまゆのほうだった。

「もしもしお父さん？　お母さん、見つかったの？」どうやら父が無事に母を見つけ出したらしいことは、電話口に立つまゆの表情から一目瞭然だった。拓也がホッと胸をなでおろしていると、

「お兄ちゃん、お父さんがお兄ちゃんに代わってって」

まゆが差し出す受話器を拓也が受け取ると、

「もしもし、拓也か？　お前にも心配かけてすまなかったな。明日の晩には帰るから、それまでまゆと二人で仲良く留守番していてくれ」と、父の言葉。

「え？　今晩帰ってくるんじゃなかったの？」

「すまん。お母さんが、せっかくだから二人でもう一泊しようって」

「そうなんだ。まあ、別にいいけどね」てっきり、今晩には家族揃って夕飯が食べられると思っていた拓也は、内心相当がっかりしたが、父には言わないでおいた。

「じゃ、よろしく頼んだぞ」

「うん」

受話器を置くと同時に、拓也は思わず大きなため息をついた。とにかく母が無事で見つかった。これでようやく様々な心配事から解放されたことになる。その晩拓也は、久しぶりに安心してぐっすり眠ることができた。

「ただいま。二人ともお留守番ご苦労様。今回は驚かせちゃってごめんね。でも、おかげ様で自分の気持ちがはっきりしたわ」

翌日の夕方、父と肩を並べ、仲良く家に戻ってきた母は、開口一番そう言った。

「どうしたの？　お母さん、なんだか憑き物が落ちたようにさっぱりとした顔をしてる」

母から差し出された土産物の袋を受け取ったまゆが、その顔をしげしげと見つめながらそう言った。

「うん。実はね、お母さん、あなたたちに話さなきゃいけないことが……」

「お母さん、何も帰る早々言わなくても」

母が何か言おうとしたのを、なぜか父が慌てて制止した。

「え？　ちょっとなあに？　言いかけてやめるのって、なんか気持ちが悪い。何かあるなら早く言って」

まゆが父と母の顔を代わる代わるに見つめながらそう言った。

「やっぱりそうよね。それじゃあ思い切って言うわ。いろいろ考えたんだけど、お母さん、お父さんと一緒にマラウイに行こうと思うの」

「ええっ！」

叫んだのはまゆのほうだった。本当は拓也も叫びたかった。しかし、妹に先を越された彼は、のど元まで出かかった叫び声を必死に抑えたのだ。

「それじゃあ、お兄ちゃんとわたしはどうなるの？　二人だけでこの家に残されるってこと？」

「それより、拓也とまゆが同意してくれるなら、家族四人でマラウイに行くって方法も……」

「嘘でしょ？　そんなのありえない。だって、わたし受験生だよ。来年高校受験を控えているこの大事な時期に、マラウイなんかに行って、いったいわたしの将来はどうなるの？　第一、なんでわたしやお兄ちゃんが、お父さんやお母さんの犠牲にならなきゃならないの？」

母の話を途中で遮って、まゆが言った。

「ちょっと待てよ。まゆ。母さんの話もちゃんと最後まで聞いてやれよ。母さんがそんな自分勝手に今回のことを決めるはずないだろ？　きっと、母さんには母さんなりの深い考えがあって、考えに考えた末、出した結論なんじゃないかと思うんだけど」

拓也がそう言いながら母のほうを振り向くと、

「ごめん。拓也。残念ながらそうじゃないの。今回ばかりはわたしのわがまま。わたしが、どうしてもお父さんと離れたくないの。だってわたし、お父さんのこと愛してるんだもの」

今年五十歳になる母の堂々とした愛の告白に、拓也ばかりかまゆまで目を丸くして驚いた。

「こんなことを、受験を控えたあなたたちの前で言うなんて、親らしくないって思われるかもしれない。でも、わたしはあなたたちの親である以前に、お父さんの妻であり、一人の人間なの。実は夕べ、お父さんから今回のマラウイでのプロジェクトについて初めて詳しく聞かされたけど、お母さんにとっても、すごく興味のある内容だった。それで、話を聞いているうちに、どうしてもお父さんと一緒にマラウイに行きたい。マラウイで、もう一つの人生を歩んでみたいって思うようになったの」

「もう一つの人生ってどういうこと？　その中に、わたしとお兄ちゃんは含まれないの？　わたしとお兄ちゃんは、お母さんのもう一つの人生には必要ないってこと？」

まゆが母の目をじっと見つめながらそう言った。

「まゆ、わたしは何もそんなことを言ってるんじゃないのよ」

「じゃあ何よ？　お母さんがマラウイに行くって決めた時、わたしとお兄ちゃんのこと、頭の中にあった？」

「もちろんあったわよ。だからわたしもさんざん悩んだ。だけど、今回のことは、あなたたちにとってもいい機会になると思うの。水道の蛇口をひねればいつでもきれいな水が出る日本を飛び出して、電気や水道が当たり前ではない国で暮らす。たしかに苦労も多いかもしれないけど、その分得るものもたくさんあるはずだわ」

「そんなこと、お母さんに勝手に決められたくない！　わたしの人生はわたしが決める。とにかく、わたしはマラウイにはぜったいに行かないから」

まゆは捨て台詞のようにそう言うと、物凄い勢いでリビングを飛び出して行った。

「まゆ！　ちょっと待ちなさい！」父がすぐに後を追おうとしたが、まゆの姿はすでに家の中になかった。玄関を見ると、まゆのスニーカーがなくなっている。どうやら外に飛び出して行ったらしい。

「まゆ、どうやら出て行ったらしい。お父さん、その辺を探してくる」

「おれも行く」拓也もすぐに父の後に従った。

「わたしも行くわ」と、後を追おうとする母を、父が制止した。

「お母さんは、まゆが戻ってきた時のため、家に残っていて」

「でも……」

「だいじょうぶ。まゆのことは必ず連れて帰るから」不安そうな顔の母の手を、父の両手がしっかりと包み込んだ。

「お父さんは駅のほうを探すから、拓也は堤防のほうを探してくれるか？」

「うん。わかった」

家の外へ出ると、父の提案で、二人は手分けしてまゆを探すことになった。

四月に入ったとはいえ、夜の空気は思ったより冷たい。暖かい家の中で、半袖のTシャツ一枚で過ごしていた拓也の頬を、四月の風が叩きつけるように通り過ぎてゆく。しかし、締め切った部屋の中で長く緊張にさらされていた身には、それがかえって心地よかった。

北海道から戻ってくるなり、いきなり母から持ち出されたマラウイ行きの話。正直言って、拓也もまだ消化しきれていない状況だった。自分もまた、両親と一緒にマラウイで暮らす――今まで一度も想像だにしていなかった内容だっただけに、どう反応してよいのかもわからなかった。たしかに、一週間程前、妹から初めて見せられたマラウイの画像は、魅力的と言えないこともなかった。少なくとも、将来一度くらいは訪れてみたいと思わせる何かがそこにはあった。しかし、来年受験を控える自分が、今すぐそこに行けるかと尋ねられたら、答えはおそらくノーになるだろう。それじゃあ、せっかく父と一緒に行く気になっている母に、マラウイに行くなと言う権利が自分にはあるのかと考えると、その答えもまたノーになる。今まで常に、父や子どもたちのことを最優先にして生きてきた母。その母の唯一の願いを聞いてやるのは、子どもとして、最低限の務めではないだろうか？しかし、母の希望も叶えつつ、自分は日本に残って受験することを考えると、はたしてそんなこと、本当に可能なんだろうか？

拓也が一人、頭の中でそんなことをぐるぐると考えているうちに、いつの間にか、昔通った小学校の前にきていた。ふと見ると、どういうわけか校門の扉が半開きになっている。

もしかしたら……。

思い立って、拓也は小学校の敷地の中に足を踏み入れた。以前通っていた場所とはいえ、夜の小学校には人気もなく、防犯のため校舎の一部にともっている灯り以外、灯りらしいものも見当たらない。決して気持ちのいい場所とは言えなかったが、それでも拓也は引き返すことなく、ある場所を目指して歩いていた。

学校の敷地の一番南側、ちょうど体育館の裏側にあたる一角に、動物の飼育小屋がある。そこまで歩いて行くと、案の定、ウサギ小屋の前に一人しゃがみこむ、妹の背中が見えた。

拓也には、その背中がなぜだかずいぶんと小さく感じられて、胸をつかれる思いがした。

「まゆ」

「お兄ちゃん！　どうしてここが……」

「そりゃわかるさ」

「だからどうして？」

「それは、おれがまゆのお兄ちゃんだからだ」

「全然答えになってないんだけど」

「お前、小さい時から動物が大好きで、小学校に入るとすぐに飼育係をやってただろ？　それに、小学校を卒業する時、もう動物たちに会えなくなるって泣いてたじゃん」

「そうだったっけ？」

「まゆ、おれの前ではあんまり強がるなよ。いつも憎まれ口ばかりきいてるけど、まゆが本当は優しい子だってこと、おれは知ってるぞ」

「……」

「突然母さんからあんなこと言われてショックなのはわかる。実際、おれだって相当なショックを受けた。今、受験をほっぽり出してまでマラウイに行けるかって訊かれたら、そりゃ無理な話だ。けど、だからと言って、父さんについて行きたい母さんを止める権利がおれたちにあると思うか？　母さんは、今までおれたちのため、毎朝毎晩ご飯を作って、掃除して、洗濯して、おれたちが元気に学校に通えるよう送り出してきてくれてたんだぞ。そんな母さんが、自分のために何かをやりたいって言ったのは、これが初めてじゃないか？　おれは、母さんがマラウイに行きたいんなら、行ったらいいと思う。マラウイに行ったからと言って、別に一生会えなくなるわけじゃないんだし、もしどうしても会いたくなったら、こっちから会いに行けばいいんだから」

「じゃ訊くけど、お兄ちゃんはお父さんもお母さんもいないあの家で、料理も洗濯も掃除もぜんぶ一人でやって、そのうえ受験勉強まで、本当にできると思ってるの？」

「それは……たしかに自分一人では難しいと思うけど、誰かと一緒ならなんとかなるんじゃないかな？」

「誰かって誰よ？」

「そりゃ決まってるだろ？」

「まさか……」そう言いながら、まゆは自分で自分を指さした。

「もちろん。まゆと一緒なら、きっとなんとかなるさ。それにいざっていう時には、ほら、真知子おばちゃんもいるし」

　まゆは拓也のその言葉には応えず、再びウサギ小屋に視線を戻し、中のウサギをじっと見つめている。

　拓也は拓也で、その妹の背中を見つめながら、彼女の胸の内を計りかねていた。

「お兄ちゃん知ってた？」突然、まゆが口を開いた。

「え？」

「ウサギって、寂しいと死んじゃうんだって」

「そうなの？」

「もし、お兄ちゃん一人で家に残るなんてことになったら、死んじゃうかもね」

「まゆ、お前、それどういう意味……」

「いいよ」

「え？」

「お兄ちゃんと一緒に家に残っても」

「まゆ、それ本当か？」

「だって、仕方ないでしょ？　たった一人のお兄ちゃんに死なれたら、わたしだって困るもん」まゆは兄に背を向けたままの姿勢でそう言った。

「ま、まさか死ぬことはないと思うけど……でも、ありがとう」

「あーあ。そうと決まったら、なんか急におなかが減ってきた」

「そうだな。きっと母さんたちも待ってる。早く帰ろう」

「うん」

九　父からの伝言

両親の出発まであとひと月を切ったある日曜日のこと、拓也とまゆ、そして父と母の四人は、江の島を訪れていた。

先日、父と二人で訪れた時と違い、日曜日の片瀬江ノ島の駅は、どこから湧いてきたのだろうというくらい、たくさんの人であふれている。

「海を観に行こう」という父の一言で、改札を出ると、四人はさっそく海岸のほうへ向かって歩き出した。

「やっぱり江の島だね。海の匂いがする」まゆが大きく息を吸い込むようにしながらそう言った。

「何年ぶりかしら？　こうやって家族揃って江の島に来るの」母がやけに弾んだ声でそう言った。

「最後に来たのは、たしか拓也が小学五年生の時だったと思うから、およそ六年ぶりになるかなあ?」父は、わずか数週間ほど前、拓也と二人でこの地を訪れたことをあえて口にしなかった。

海岸までやって来ると、どこまでも続く白い砂浜と寄せては返す穏やかな波が、まるで四人を歓迎するかのように迎えてくれた。

「海はいいわね」しみじみとそう言う母の言葉を聞きながら、拓也は前回父と訪れた時とのあまりの違いに、一人苦笑をしていた。

あの時、自分の胸の中には父に対する憤りと悲しみしかなく、父の気持ちを思いやることなど少しもなかった。しかし、今はどうだろう？　両親のマラウイ行きを認めることができたということは、自分も少しは成長することが出来たんだろうか？

拓也が一人物思いに沈みながら歩いていると、いきなりコツンと頭を叩かれた。

「いて！」

振り返ると、まゆだった。

「いきなり何するんだよ？」

「だって、何度もお兄ちゃんって呼んだのに、気が付かないんだもん」

「だからって、叩かなくてもいいだろ？」

「ね、みんなで花火しない？」

「花火？　だって、昼間だろ？」

「別にいいじゃん。ね、線香花火、みんなで競争しよう」

「いいけど、今どき、花火を売ってるところなんてあるかなあ？」

拓也がごく当たり前の心配を口にすると、

「じゃーん！」

まゆが自分のカバンの中から、袋に入った線香花火を取り出した。

「え？　お前、それどうしたの？」

「去年の残り。江の島に行くならやれるかなって思って持って来たんだ」

こうして、まゆの機転で、真昼の花火大会が開かれることになった。

「はい、お父さん。はい、お母さん。それからお兄ちゃん」

まゆが家族全員に線香花火を配り終えるタイミングを見計らって、父がマッチに火をつけた。

「お兄ちゃん、先にどうぞ」と、まゆ。

「なんだよ。お前が先に行けよ」

「はいはい、二人とも、けんかしていると、火が消えちゃうわよ」母の言葉で、みなが一斉に自分の花火を火に近づけた。

「わー、きれい」

「本当」

「うん。きれいだ」

それぞれの花火は先端に小さなオレンジ色の球体をつけたまま、細かい蜘蛛の巣のような光を放ちだした。それが一瞬後には大きな蜘蛛の巣に成長し、やがて細かい雨のような細い光に変わっていった。

「わー、もう少しで落ちそう」

「お母さんのはまだだいじょうぶよ」

「おれ、そろそろやばいよ」

「あ！　落ちた」

一番先に落ちたのは、父の花火だった。そして、母、拓也、最後にまゆの順で花火は終わった。

「ねえ、これって、もしかして寿命の順なの？」と、まゆが遠慮のない言い方をした。

「まあ、年齢の順から考えると、あながち間違っていないか」と、父が頷く。

「ちくしょう！　このままじゃ終われない。まゆ、花火もっとないの？」拓也が妹の顔を見ながら言うと、

「ないわよ。だって去年の残りだもん」まゆが兄の言葉を一蹴した。

「でもまあ、このくらいでちょうどいいんじゃない？　楽しいことって、いつまでも続くわけじゃないし」

「その反対に、苦しいこともいつまでも続くわけじゃないよ」

　母の言葉を受けて、父がやんわりとそう返した。

　拓也が海のほうに視線を戻すと、はるか遠くを豆粒くらいの船が浮かんでいるのが見えた。

「あれ、どこか外国の船かなあ？」拓也がポツリと言った。

「さあ？　どうかな？」と、父。

「父さんたちも、船で行ったらいいのにね。マラウイ」

「え？　なんで？」

「甲板に向かって紙テープを投げるあれ、おれ、一度やってみたかったんだ」

「なんだい？　そりゃ」

「飛行場で投げてみようかな。紙テープ」

「ちょっと、お兄ちゃんたら、ばかな真似はやめてよね。こっちが恥ずかしくなるから」

まゆが本気で怒ったような声を出した。

「ははは……冗談だよ」

「ところでみんな、お父さんからは冗談じゃなくて、大切な話があるんだけど、聞いてくれるか？」

突然、父がそう切り出した。

「何よ？　いきなり改まっちゃって」まゆが父の顔を見上げながらそう言った。

「うん。こういう時じゃないと、なかなか言えそうにないから言うけど、お母さん、それに拓也、まゆ。今回のお父さんのわがままを聞き入れてくれて、本当にありがとう。マラウイ行きは、みんなの協力がなかったら、決して実現できなかったことだ。心から感謝している」

父はそう言って、家族三人の前に頭を下げた。

「いやだ。お父さんたら、何を今さら水臭いこと言っているんですか？」母が照れたようにそう言い返した。

「お母さん、こんなぼくと一緒にマラウイへ行くという選択をしてくれて、ありがとう。お母さんも知っての通り、日本とは言葉も環境もまったく違うマラウイで暮らすことは、決して簡単なことじゃないと思う。けど、お母さんが一緒に居てくれたら、きっと最終的には何もかもうまくいくんじゃないかと思う。今までもそうだったように」

「お父さん……」

母が感極まったように、父の顔を見つめた。

「それから拓也、まゆ、二人にはこれからいろいろと不自由をかけることになると思う。でも、将来きっと、この経験が二人の役に立つ時が来るってお父さんは信じている。だから、お父さんとお母さんが留守の間、二人で協力し合って乗り越えてくれ。お父さん、二人ならぜったいにだいじょうぶだって信じている。

いま、世界中のあちらこちらで戦争や対立が起こっている。平和な日本にいると、ついついその事実を忘れてしまいがちだが、たぶんこうやって話している間にも、砲弾の嵐にさらされながら、恐怖に震えている人たちがたくさんいると思うんだ。もちろん、何の技能も力も持たないお父さんが、そういった場所に行ってできることなどほとんどないだろうし、また実際、戦地に赴くこともできない。だけどお父さん、それをただの他人事で終わらせてしまってはいけないと思うんだ。たとえ地球のどこにいても、苦しんでいる人たちに思いをはせることはできる。拓也もまゆも、そのことを決して忘れないでほしい」

そう語った父の目の奥には、まるで静かな炎が宿っているように拓也には感じられた。

十　旅立ち

出発の日は、朝から申し分のない晴天になった。飛行場へ両親を見送りに行った拓也とまゆは、空港内にあふれるたくさんの外国人観光客を横目に見ながら、出発ロビーまでついて行くことにした。

「お正月にはいったん帰国する予定だから、二人ともそれまで協力し合って、仲良くやってちょうだいね」

母が拓也とまゆ、二人の顔を代わる代わる見ながらそう言った。

今度は父が言った。

「拓也、お前は男なんだから、何かあったら必ずまゆのこと、守るんだぞ」

「えー？　お兄ちゃんがわたしのことを守る？　それは無理でしょ。むしろわたしのほうがお兄ちゃんを守ることになるんじゃないかな？」まゆが言うと、

「まゆ、お前それは兄に対して失礼だろ？　おれだって、やる時にはやるんだ」と、拓也が言い返す。

「はいはい。二人ともけんかはそれまで。とにかく健康に気を付けて、困った時は真知子おばちゃんを頼るのよ」母が拓也とまゆ、二人の手を取りながらそう言った。

両親が手荷物検査場のゲートをくぐる時、それまで憎まれ口ばかりきいていたまゆが、急に静かになった。拓也が自分の隣に立つ妹の顔を見ると、彼女は静かに涙を流していた。拓也は初めて見る妹の意外な側面に、胸がきゅうっと締め付けられる気がして、思わず妹の手を握った。妹の手は驚くくらい暖かかった。


「ねえ、お兄ちゃん知ってた？　お父さんとお母さんが出会ったの、北海道なんだって」

飛行場からの帰りのバスの中で、まゆが突然言い出した。

「たまたま二人とも一人旅で北海道に行っていて、黄金岬《おうごんみさき》っていうところで出会ったんだって」

「そうなの？　初めて聞いた。そんな話」

「わたしも。この間、お母さんからお米のとぎ方を教えてもらった時、初めて聞いた。お母さんたら、お父さんと付き合うようになったのは、黄金岬の夕陽があまりにもきれいだったから、ついつい騙されただなんて。でもお母さん、その時お父さんからもらったネックレス、いまだに大事に持っているらしいよ。知らなかったなあ。お父さんとお母さんに、そんなロマンチックなエピソードがあったなんて」

「……っていうことは父さん、あの時、その黄金岬っていう場所に母さんを迎えに行ったんだ」

「うん。そうらしい」

ちょうど西陽が差し始める時間で、黄金色の光がビルの壁面に反射してきらきらと輝いているのが、バスの車窓から眺められた。今から二十年ほど前、両親が北海道で見た夕陽もまた、こんなふうに輝いていたんだろうか？　拓也はそんなことを思いながら、バスのシートに身をゆだねていた。


拓也の両親がマラウイへ発ってからおよそ一週間後、再び歴史博物館から電話がかかってきた。そして拓也は、歴史博物館の職員から意外な話を聞かされた。

「実は、先日お預かりした石斧なんですが、盗難の被害に遭いまして……」

「え？　それ、本当ですか？　それで、犯人は捕まったんですか？」

「いいえ。今のところ、捕まるどころかなんの手がかりもなくって。正直言って、盗難かどうかも定かではないんです。二日前までは確かにあったものが、昨日、職員が出勤してみたら、忽然と消えていたんです。わたくしどもも、まるで狐につままれたような気持ちです。いずれにしろ、こういった歴史的な品物は、最終的には発見された県の所有になる決まりですから、田村さんのものということにはならないのですが、せっかく見つけてお持ちいただいて、このような結果になってしまったこと、大変恐縮しております」

「あ、いいえ。それはだいじょうぶですが、それにしても、不思議ですね。忽然と消えるなんて」

「はい。本日は、田村さんに一応ご報告だけはしておかなければと思いまして、お電話を差し上げた次第です」

「そうでしたか。わざわざありがとうございます」

「いいえ。それでは失礼いたします」

「失礼します」

受話器を置くと同時に、拓也の頭に、みゆきと自分が例の桜の樹のところで出会った少年のことが浮かんできた。

「まさかね……」

そう独《ひと》り言《ご》ちながらも、拓也は心のどこかで、古代からやって来ただろう少年の存在を信じていた。

『拓也、まゆ、元気にしていますか？　お父さんとお母さんは変わらず元気です。マラウイに来ておよそふた月が経ちますが、日本とのあまりの違いに、毎日が驚きの連続です。しかし、心配していた言葉の壁の問題は、お母さんの取り越し苦労に終わりました。なぜなら、単純な意思疎通くらいなら、ほとんどの場合、身振り手振りと表情で通じるからです。特に、マラウイの人たちは人懐こく、優しい人が多いので、言葉が話せないからと言って、困ることはめったにありません。ここには日本のようにたくさんのものはありませんが、むしろ、必要最低限の中で生きることの心地よさを感じています。

お父さんは毎日子どもたちへの給食提供のため、あちこちを走り回っていて、そのおかげで、あの突き出たお腹も半分ほどにしぼみました。お母さんは現地の女性たちと一緒に、畑仕事をしたり、彼女たちから、現地の料理を教わったりしながら、少しずつ言葉（チェワ語）を学んでいます。ここではすべての時間がゆったりと流れ、日本のように、分刻みで行動することはほとんどありません。最初はこの時間のルーズさに驚きましたが、慣れてしまえばむしろ快適なくらいです。とにかくマラウイの自然は素晴らしい。どこまでも続く青い空や、夜になれば眺められる満天の星空、拓也やまゆにも見せてあげたいです。どこにいても、いつも二人のことを思っています。　母』

七月、拓也はいよいよ高校生活最後の夏休みを迎えていた。高校三年生にとって、夏休みは入試の天王山である。

その日、拓也はみゆきとともに市立図書館にいた。例年以上に猛暑の厳しかったその夏、受験生のみならず、クーラー代節約の為図書館を利用する人たちで館内は満員盛況の状態だった。

「なんとか席が取れて、よかったね」みゆきが参考書でパンパンになったカバンを、自習コーナーの椅子の上に置きながらそう言った。

「うん」

「そう言えば、たむちゃんのご両親、どうしてる？　たしかマラウイに行ってふた月以上たつよね？」

「うん。実はこの間、母さんから手紙が来たんだ」

「本当？　それでなんて？」

「うん。さぞかし言葉で苦労してるかと思ったら、そうでもないって……」

「にしても、たむちんが外国語大学志望とは、ちょっと驚いたな。てっきり理系を目指すのかと思っていたら」みゆきがカバンの中から分厚い参考書を取り出しながらそう言った。

「うん。ほら、語学ができれば、将来海外へ行きたいって思った時、便利かなって思って」

　と、そこで図書館の職員から「ここでの私語は禁止です。おしゃべりするなら、一階の茶話コーナーか、外でお願いします」と注意を受けたので、二人は茶話コーナーへと移動することにした。

　しかし、行ってみると、こちらも自習室以上に人であふれていて、座れそうにない。仕方なく、炎天下の外へと移動した二人は、図書館の庭にある大きな桜の樹の木陰にベンチを見つけ、そこへ腰を下ろした。その場所は、自然の風が吹き抜け、屋外とは思えないほど涼しかった。

「桜の樹は、花が終わってしまってもこうして涼しい日陰を作ってくれる。考えてみたらすごいよね。そこにあるだけで、誰かの役に立つなんて」

みゆきが青々と生い茂った桜の葉っぱを見上げながらそう言った。

「うん。確かに」

「わたしもいつか、こんなふうになれたらいいな」

「こんなふうにって？」

「いるだけで、誰かの役に立つ存在になれたらいいなってこと」

みゆきの発言に、拓也は心の中で思っていた。もうすでに、じゅうぶんなっている。

みゆきに気づかれないよう、そっとその横顔を盗み見ようとしたとたん、一陣の風が走り抜けた。勢いで、みゆきの前髪があおられ、白くて美しい額が顔をのぞかせた。思わず見とれていると、

「何？」と、みゆきが拓也のほうを振り返った。

「いや。なんでも……」

「ねえ、たむちん」

「何？」

「大昔の人たちも、やっぱり誰かを好きになったりしたのかなあ？」

「それは、もちろんそうなんじゃない？　だって、そのおかげで、おれたちが今ここにい

るわけでしょ？　誰かと誰かが愛し合って、子どもが生まれ、そしてまたその子どもが誰かと愛し合って、子どもが生まれ、人類はそれを繰り返しながら繁栄してきたんじゃないかな？」

「……ってことは、わたしがこの間桜の樹の根元で出会った少年、あの子がもし本当に過去からやって来た少年だったとしたら、わたしたちの祖先だった可能性もあるよね？」

「うん。たしかに。もしかしたらあの子、大切な石を取り返そうとして現代にやって来ただけじゃなくて、おれたちに何かを伝えようとしてくれてたのかもね？」

「何を？」

その時、ふたたび二人の間を一陣の風が吹き抜けた。そして拓也は見たのだ。その風に乗って、一人のはだしの少年が空を駆けのぼって行くのを。少年は走りながら何かを叫んでいた。しかし、その声は風にかき消され、拓也の耳に届くことはなかった。


（完）

著者プロフィール

西本 恵（にしもと めぐみ）

1965（昭和40）年、東京都生まれ。

長年、営業職などを続けてきたが、コロナ禍により転職を余儀なくされる。現在は、神奈川県で老人ホームの調理員を続けながら執筆活動の日々。

他著として、『たいせつなあなたへ～名犬タローが教えてくれたこと』がある。

伝言 過去から現在《いま》へ

2025年１月15日　初版第１刷発行

著　者　西本 恵
発行者　瓜谷 綱延
発行所　株式会社文芸社
〒160-0022 東京都新宿区新宿1－10－1
電話 03-5369-3060（代表）
03-5369-2299（販売）

印刷所　株式会社フクイン

ISBN978-4-286-26149-2